【新版】日本の民話74

近江の民話

中島千恵子 編

未來社

まえがき

日本一大きなみずうみ、びわ湖をもつ滋賀県は、むかし、佐々浪（さざなみ）国とも、淡海（あわうみ）国とも呼ばれていました。そののち、都から離れた「遠つ淡海（とおつあわうみ）」（浜名湖）を遠江とし、それに対し、都に近い「近つ淡海（ちかつあわうみ）」（びわ湖）を近江というようになりました。

この近江は、日本のほぼ中心部に位置し、古くから多くの人が往き来していました。平和な時代には、この土地を通った人たちが美しい湖や、それをとりまく山々に向かって詩や歌を残し、戦乱の時代には、天下の覇権を目指した武将たちの争いが、この地に、遺跡や史話伝説をつくりました。

そして、その風土のなかで息づいてきた私たちの祖先は、数多くの昔話を生んできました。その昔話のほとんどは、土の香りそのままに、素朴な形で語りつがれてきました。なかには、支配者の圧政や災害の中で、庶民たちの息苦しい思いが、逆に軽妙な笑いに転化していったのもありました。

それを加えて、近江が交通の要路であったため、他国の昔話が多く入り込んでいました。東海道、中仙道、西近江路を上り下りした旅人たちが、この地で宿をとり、そこで、お国自慢や、世間話を語り残していったこともありましょう。また、全国を股にかけて商売に励んだ近江商人たちが、各地で聞いてきた話を持ち帰って、語り伝えたこともありましょう。日本のあちこちで語られている共通の昔話も伝承されていました。

聞き上手、話し上手な近江の人たちは、世間話や、うわさ話を、その場の雰囲気に合わせ、たくみに昔話に仕立てあげるなど、なかなかの知恵者や咄家がいたように推察されます。

私が昔話に取り組んだのは、ＮＨＫ大津放送局が昔話シリーズを放送するにあたって、原稿の依頼をうけたのがきっかけでした。

昔話を採集するために、年輪を重ねてこられた古老を訪ね、その語りを聞くうちに、昔話のおもしろさに魅せられてしまいました。それは、この土地に生きた祖先の人の生きざまが鮮明に、私の心に迫ってきたからでした。

その昔話は、どれも生活に密着していて、庶民の哀歓、畏怖、義憤、願望、信仰、あこがれ、ユーモアがそこはかとなく込められていました。

昔話の採集を始めてから、十五年余り、私は次第に祖先の心の歩みを知り、昔話の背後にある近江の歴史と風土を、再認識するようになりました。

近江の昔話は、近江に生きた民衆の歴史とでもいえましょう。また、近江の口承文学ともいえると思います。

昔話は、庶民たちによって生まれ、庶民たちの生活感情を反映した作り話で、いいかえれば、作者不明の庶民の合作による口承文芸なのです。そして、その昔話は、文学の原型といえるでしょう。

この昔話が、炉辺や、寝物語として語り伝えられていくうちに、心を打つところは残され、無駄なところは削られ、時代によって、地方によって作りかえられてきています。そこには、ほのぼのとした郷土《ふるさと》の素朴な感情が豊かにこもっていました。科学ではおし計ることのできない不思議な世界の中に、温かさがあり、楽しい夢が満ちていました。そして遠い祖先が持っていた知恵や思想が、昔話の中に光っていました。

私は、昔話の中にこそ、心のふるさとがあり、愛の物語があると思いました。

それに、昔話は、話の口調がゆったりしているため、話の合い間に、聞き手が合いづちを打つ語り口や、その語りのおもしろさが、どんなに子どもを喜ばせ、聞く楽しみを味わわせているかを知った時、昔話を、もっと大切にしていかねばならないと思ったのです。

ところが、人々の生活が近代化され、核家族化が進んで、次第にこの昔話を語ってくれる老人が少なくなってきました。伝説や史話は記録に残されていても、昔話を聞くには、よほど僻地へ行かなければ聞けなくなってきました。市街地では、一日中、採集に歩いても、無駄足だったことも何回となくありました。

県の老人会で聞いて、あのお年寄りなら知っていらっしゃるだろうというので、訪ねてみる

と、

「昔話なんか、聞いてくれるもんがおらんさけ、もう忘れてしもうたがなあ」

と、断られたり、

「昔は、ぎょうさん覚えてたんやけどな、……もっと早うきてくれたら話してあげられたんやけど……」

と、言われたことも多くありました。

また、やっと探しあてた人を訪ねて、話を聞いてみると、史話や伝説ばかりだったり、こんどこそは、と意気込んで伺ってみると、その人は、もうこの世の人ではなかったりして、なかなか昔話にめぐり会うことはできませんでした。

あるところでは、娘さんが同席してくださって、

「おばあちゃん、そこはちがうんじゃない、こんな話じゃなかった」

と話を引き出してもらったこともありました。

このままでは、語ってくれる老人たちが、一人、二人と減って、根雪が消えるように、昔話も語られることもなく、消えてしまうのではないか、という不安にかられたこともありました。

しかし、なかには、次の世代に伝えてもらえるのなら、

「生きていた甲斐があった」

と積極的に協力してくださったお年寄りもありました。

このたび、未來社のご厚意で「日本の民話」のシリーズに、近江編を加えていただくことができましたことは、昔話の宝庫である滋賀県にとっては、大へん喜ばしいことです。

この本の編集にあたりまして、数多くの昔話のなかから、何を取り上げるかという点で思わぬ日時がかかりました。どの話にも特色があり、捨てがたいものがあって、その選択には悩まされました。ここでは、あまり知られていないものを中心に、郷土色豊かなものを多分に織り交ぜてまとめることにしました。

近江の昔話には、びわ湖を守護する竜神の話、湖魚の話、湖底の財宝、遺物など、近江特有の話があります。

おもしろいことに、びわ湖には、竜神が、瀬田の唐橋と、竹生島と、白鬚《しらひげ》の湖底に住んでいて、それぞれに、湖を守っているといわれております。

それに近江には、町や村のどの部落にも、社寺があり、信仰にまつわる話、和尚と小僧の話、地蔵尊の話が多くあります。

また、米どころとしての近江には、雨を待つ農民の願いが、雨乞いの話となり、水あらそいなどの話を生み、各地で語り伝えられています。

その他、湖をとりまく山々のふもとには、キツネやタヌキに化かされた話、カッパ、サル、蛙など、ここに取り上げましたもの以外にも、ずい分多くの動物昔話があります。

近江には、一木一草一石にも伝説があるといわれているほどの土地柄だけに、伝説を昔話に転化しているものも多く、歴史に名を残した人々の話が、昔話に変移されていたことも見逃せません。

なんといっても、生彩を放つのは、笑い話です。豊かな自然の中で育った近江人のおおらかさが、しのばれるのもおもしろい現象だと思いました。

その反面、近江の昔話には、残酷な話や、陰さんな話も多く、このことは、わらべ唄にも言えるのですが、哀愁のこもったリズム、陰を含んだメロディーに、厳しい近江の歴史の一端をかい間見ることができます。

ここに記載いたしましたもの以外にも、掘り起こせば、まだまだ昔話は、残されているはずです。

この本を作るにあたりまして、原話を提供して下さった田中敏郎さん、故石原とめさん始め、多くの方々にお世話になりました。本当にありがとうございました。

再話にあたりましては、中野隆夫さん、平城山美貴さん、ともに採集した児童図書研究会の方たち、わらべ唄では、野部博子さん、原稿の整理に岡田恒子さん、永谷晶子さん、浅尾和子さんに、大へんお世話になりました。

最後になりましたが、郷土の画家・石井豊太さん、未來社の田口英治さんに厚く御礼申し上げます。

湖畔にて　　中島千恵子

近江の民話　目次

湖　北

湖西

カバー・さし絵　石井豊太

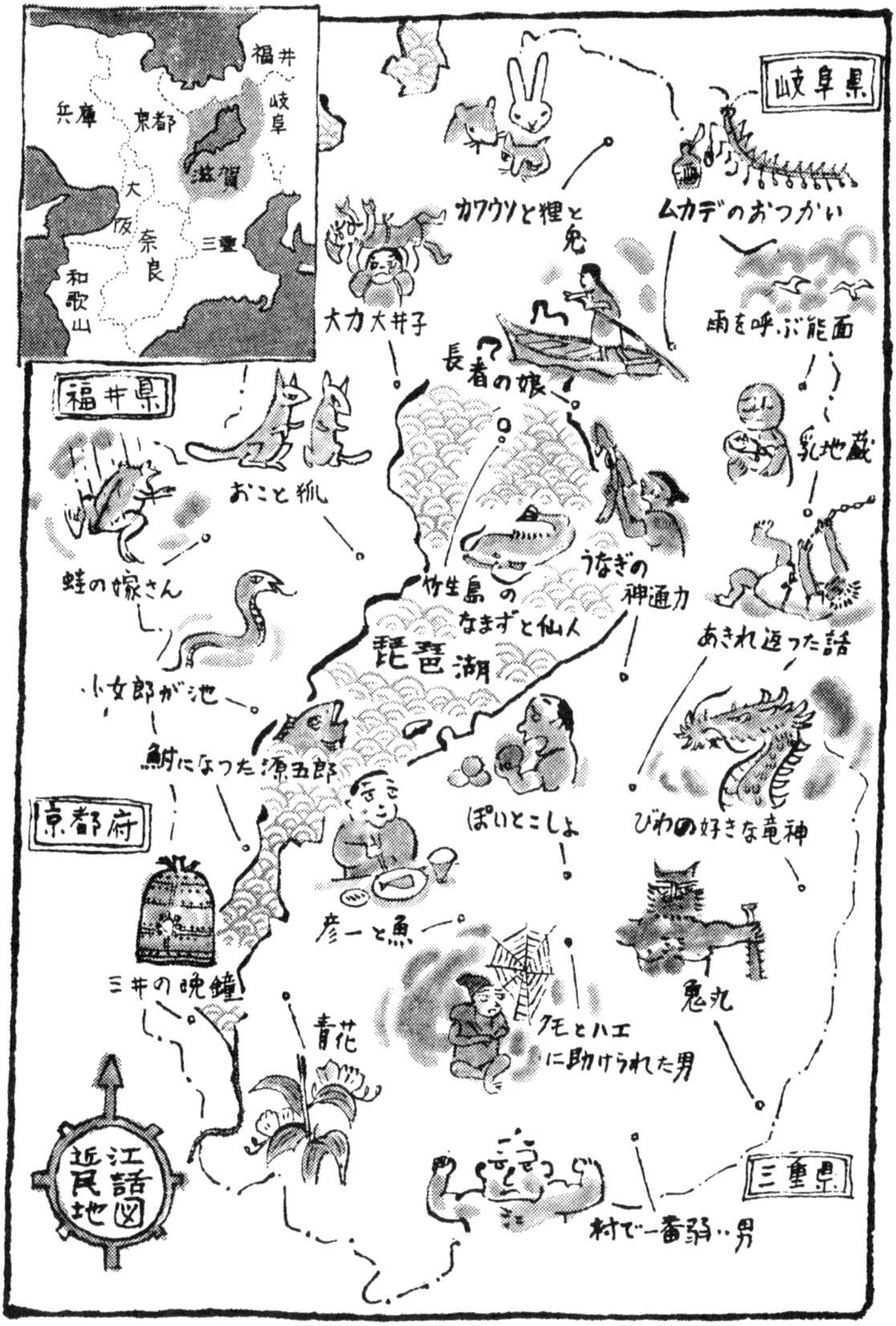

福井
兵庫
京都
岐阜
滋賀
大阪
奈良
三重
和歌山
岐阜県
福井県
京都府
三重県
カワウソと狸と兎
ムカデのおつかい
大力大井子
雨を呼ぶ能面
長者の娘
乳地蔵
おこと狐
蛙の嫁さん
うなぎの神通力
竹生島のなまずと仙人
あきれ返った話
琵琶湖
小女郎が池
鮒になった源五郎
ぽいとこしょ
びわの好きな竜神
彦一と魚
鬼丸
三井の晩鐘
青花
クモとハエに助けられた男
近江民話地図
村で一番弱い男

湖南

びわこができた話

むかし、むかしの大むかし。まだ近江の国には、びわこがなかったころのおはなしじゃ。

この土地には、なまけ者ばかり住んでおってな。朝日が高く上っても、若い者も、年寄りも仕事をせずにごろごろ寝ころんでおった。その上、人の悪口を言ってけんかをしたり、留守の家へしのび込んでは、食べ物や、家の大事な品物を盗んでおった。

これを、天の神さまが見ておられたんじゃ。

「おお、何たることじゃ。立派な体を授かりながら働きもしないで、もったいないことやないか。」

天の神さまは、とうとう我慢しきれなくなって怒り出したんじゃ。

「うーん、もうがまんならん。」

すると、今まで明るかった世の中は、急にまっ暗な闇の世界にかわってしもうてな。

寝ころんでいた若者や、他所の家へしのび込もうとした人たちは、

「あれよ、あれよ」

とばかり、大騒ぎや。そのとき、暗闇の奥から、どーんとものすごい無気味な音が鳴りひびいたんじゃ。

するとそこには、大きな太い柱が立ってのォ。それは、天の神さまの足やった。

「よいしょ、よいしょ」

と、天の神さまが大きなかけ声をあげて足をもちあげると、あれ不思議や、どどっ、どどーっと大きな音を立てて、急にどこからともの*ォ*、水が流れてきたんじゃ。

あたりは、もとの明るさにもどったけんど、人の姿はどこにも見えなんだと言うこっちゃ。

水はどんどん流れてきて、大きな湖ができたというわけじゃ。

それがいまの近江の国のびわこじゃ。

そやから、びわこの形は、足の裏と同じ形をしとるやろが……。

原話者　横山千代
再話者　上村良子

三井の晩鐘

　むかし、琵琶湖に沿うたあるところに、ひとりの若者が住んでいたんじゃ。その若者がある日、湖岸に出て見ると、近所のこどもたちが、よってたかって一匹の蛇を殺そうとしている。若者は、なぜか急に蛇がかわいそうになってのォ、こどもたちにたのんで助けてやったんじゃ。

　それから四、五日してからやが、真夜中にトントン、トントンと戸をたたくもんがいる。いまごろ誰やろ？　と、思うて、若者が起きていって戸をあけると、きれいな女が立っていて、

「道に迷いましたで、一夜のお宿をおねがいいたします」

と、泣いてたのむんじゃ。

　家も狭もうて、貧しいくらしをしていた若者は、ほんまは断わりたかったけど、あんまり熱心にたのむんで、ひと晩ぐらいならええ、そない思うて泊めてやったんじゃ。

　そやのに、その女はあくる日になっても帰ろうとせん。その次の日も家にいて、いろいろと若者の世話をする。三日、四日、五日と日が過ぎていくうちに、いつのまにかふたりは夫婦みたいになってしもうたんじゃ。ほんでのォ、女の腹にこどもがやどったんじゃ。

そうこうしているうちにお産の月になってしもうた。女は若者に向こうて、

「裏の隅にでも、お産する小屋を建ててほしおます。それから、どんなことがあっても覗《のぞ》かんようおねがい申します」

と、繰り返したのむのやった。

若者はくびをかしげかしげお産小屋を建てると、そのつぎの日、女はすーうとその小屋の中へ入ってしもうた。

覗いたらあかんといわれると、覗きとうなるもんで、若者は絶対覗かぬという約束を破ってのォ、そっと小屋の中を覗いたんじゃ。そしたらのォ、まえに湖岸でこどもたちに殺されるところを助けてやった大蛇が、赤ん坊を抱きかかえるようにとぐろを巻いているやないか。若者はびっくりして、気を失いそうになった。そのとき、若者の目のまえに、折りたたんだ一枚の紙が落ちてきたんじゃ。なんやろ思うてなかをあけるとのォ、こんなことが書いてあったんじゃ。

「わたしは、あんたに助けられた蛇で、恩返しにきたんやったが、姿を見られてしもうて、もういっしょに暮らすことはでけん。そのかわり赤ん坊を置いていく。手に持たしてある玉で育ててくだされ。けっして泣かぬと思うけど、泣いた時は湖の岸辺まで出て三度手を打ってくれたら、わたしがいつでも出てきます」とのォ。

もうどうしようもない、と若者は、黒い玉をしっかと握っている赤ん坊を育てることにしたんじゃ。

この話を聞いた殿様が、そのだいじな玉を取り上げてしもうた。さぁ、赤ん坊が泣いて泣いてしようがない。そこでのォ、若者は湖岸まで出ていって、書き置きにあったように三度手を打ったんじゃ。そしたら、たちまち大蛇が現われたんで、おれが悪かった、もとの美しい女になってくれと若者がたのむと、すると、こんどはあのきれいな女の姿になったんじゃ。そこで若者が玉を奪い取られた話をしたんじゃ。

「見てくだされ、あの玉はわたしの左の目の玉でおます。右のがいま一つ残ってますけど、これを取るとわたしは盲目《めしい》になります。けど、かわいいわが子のためと思うと、たとえ盲目になってもかまわぬ、惜しまずにあげますさけえ、その代わりに三井寺へ鐘をあげてくだされ、その鐘の音をきいて昼と夜とを聞きわけることにいたしましょう。」

そない言うが早いか、姿を消してしもうた。

若者は赤ん坊を抱いて家に戻ると、早速釣鐘を三井寺へ寄進したのじゃった。

これが三井の三鐘の一つでのォ、いまも三井寺にちゃあんと吊ってある。こんどいったらよお見ておくことじゃ。

原話者　山田増造
採集者　竹田美恵子
再話者　中野隆夫

唐崎の一本松

むかし、近江の坂本に宇斯麻呂《うしまろ》という若者がおったんや。

宇斯麻呂は日吉大社の初代の神宮に選ばれ、幼なじみの別当姫《わけまさひめ》を妻にしはったんや。

二人は、ぎょうさんの人がお参りに来る日吉大社で、いそがしいけれど幸せな毎日を送っておったんや。

ところがなァ、人もうらやむほどの仲のいい夫婦やのに、二年たっても、三年たっても、子どもができんのや。それに、別当姫の顔色が悪うなって、だんだんやせ細ってきたんや。

心配した二人は、ある日、京都の名高い医者に見てもろうたんや。

すると、医者は宇斯麻呂を呼んでのォ、

「気の毒じゃが、子どもはあきらめなされ。それに、あの病気は人にも移るかも知れんから、よう気をつけなされや」

と、いわはったんや。

宇斯麻呂は、寝ても覚めても思案に暮れていたんやが、ある日、とうとう妻に医者の言葉を告げたんや。

「のォ。わしは日吉様をお守りせにゃならん身だ。ここではそなたも落ち着いて静養はできまい。しばらく景色のいい唐崎の浜辺で養生しておくれ……」

別当姫は、しばらく泣いていたんやが、

「はい。あなた様がそうおっしゃるなら……」

と、承知したんや。

宇斯麻呂は、

「美しい琵琶湖をながめて暮らすうちには、きっとそなたの病いも良くなるであろう。わしは毎日、日吉様に祈願《きがん》し、そなたの帰りを待っているぞ」

となぐさめ、その夜は二人で泣き明かしたんや。

やがてなァ、唐崎の浜辺にござっぱりした庵《いおり》が建てられたんや。姫の身の囲りの物がみんな運ばれ、桜の花も散り果てた頃、二人はひっそりと坂本をたって、その浜辺の家にやってきはったんや。

その日の夕方、宇斯麻呂はふり返りふり返り、日吉大社へと帰っていったんや。

一人残された別当姫《わけまさひめ》は、打ち寄せる波の音と、沖の千鳥の鳴く声を聞きながら、さみしい日々を送ってたんやて。

それでも、たった一つだけ、別当姫には楽しみがあったんや。

それは、あの日、宇斯麻呂が日吉大社から持って来て庭に植えてくれた松なんや。

「のォ。これをわしの形見だと思うて、大事に育てておくれ。この松がしげる頃には、きっと前のような幸せが来るはずじゃ。」

姫は、大事なその松に、毎日毎日、つるべの水をくんでかけたんやて。

さて、浜辺の人々は、近ごろぽつんと建った渚《なぎさ》の一軒家を不思議そうにながめておったんやが、そのうちの一人が、

「あの家に、美しいおなごはんが住んどるようやな」

と言うと、他の者も、

「そうそう、昨日もつるべで水をくんでおったわい」

「若いのに、一人で淋しいやろな……」

「なんぞ、深いわけがあるのとちがうかな」

と、口々にうわさをしていたんや。

そうして、いつのころからか松の根元には、毎日のように、取れたばかりの魚や野菜が置かれるようになったんや。時折、山百合や萩の花なども添えられておることもあったそうや。

それというのも、時々聞こえて来る別当姫のひく琴の音が、村人たちの楽しみとなり、人々の心をなごませておったからや。

それから何年たったやろか。別当姫のたんせいこめた松は見上げるほど大きゅうなり、見事な枝ぶりの松になったんや。そやけど、姫の体は日に日にやせ細り、つるべの水をくみ上げるのもやっとやった。

別当姫は、

「せめて、ひと目だけでも宇斯麻呂様にあいたい」

と思い、

「沖の千鳥よ、心あらば
いとしき人に　伝えておくれ
唐崎の松は　しげりましたと
　日吉大社　祝宇斯麻呂様に参る」

と、手紙をしたためて、そっと松の根元におかはったんや。

やがてその手紙は、宇斯麻呂のもとに届いたんや。宇斯麻呂は喜び勇んで、唐崎の浜へかけつけたんや。ところが待っていたのは、息も絶えだえの別当姫やった。

「わしじゃ。宇斯麻呂じゃ」

と抱き起こした別当姫の顔に、宇斯麻呂の涙がかかったんや。

するとと別当姫は、かすかに目を開け、

「ああ、あなた……」

と言ってにっこり笑うと、それっきり、息をひきとってしもうたんや。

なんべん呼んでもかえらぬ妻を抱いて、涙にくれていた宇斯麻呂が、ふと文机を見ると、何やら書いたもんがあったんや。

「もう私の命も、長くはないでしょう。もしこの文があなた様の目に触れましたら、たった一つだけお願いがございます。どうか、私が死にましたら、あの松の木の下に眠らせて下さい。これからは私のような病気に苦しむ人々を、この地でお助けしたいと思います」

と、したためてあったんやて。

宇斯麻呂は浜辺の人々を呼んで、自分たちの身分を明かすと、妻の最後の言葉を伝えて、厚くお礼を言わはったんや。

浜の人々は死んだ別当姫を囲んで、みんな泣いたんや。そして、そのなきがらは遺言《ゆいごん》通り、松の木の下に埋められてな、みんなでねんごろに供養しはったんやて。

それからや、女の人が病気になると、ここへ来て祈り、松の幹をなでて帰ると、なおるというわさがたったのは……。

またそれがほんまのことやったさけえ、なおった人々は祠《ほこら》を建て、だいじにこんにちまで守ってきたんや。これが唐崎神社のはじまりで、松は唐崎の一本松いうて、有名なもんになったんや。

原話者　尾形あい子
原話者　島田康夫
再話者　中南美千子

青竹と枯竹《かれたけ》

むかし、加賀の殿さまが京都御所へ、ごきげん伺いにいかれたときのことじゃ。

行列は、びわ湖の西側の道をとおって、唐崎の松を南にながめながら、山を越えていったんじゃ。

その途中で、一人の百姓が、牛に玄米三俵を背負わせて山から降りてきよって、殿さまの行列とはち合せになったんじゃ。

行列の先頭《せんとう》にいる奴《やっこ》さんが驚いて、

「おいおい、殿さまのお通りじゃ、下にいて道をあけろ、牛もじゃまになる、どけろッ」

と、命令したんじゃ。

するとのォ、百姓は、ひょいと牛の下腹に手を入

れて、その牛を軽がると持ちあげ、道の横によけて、

「さあ、どうぞおとおり下さい」

と、地面に手をついて頭を下げたんじゃ。

　奴さんは、その力の強いのにびっくりしてしもてな。殿さまに、そのことを言うたんじゃ。

殿さまは、長い道やったんで、たいくつして、なんぞおもしろいことがないかいな、と思うてはったときやから、その百姓をよばはったんじゃ。そして、お供の家来《けらい》の中に、力の強い侍《さむらい》がいたので、その侍に、

「あの百姓とすもうをとってみろ」

といわはったんじゃ。

　行司《ぎょうじ》も決まり、かりの土俵もつくって、すもうが始まろうとしたときじゃった。

侍は、そばにあった青竹を右手でしごいて輪にし、すもうのまわしにしはったんじゃ。

　みている者たちは、

「あれッ、あの青竹をまわしにするんじゃから、強いもんじゃ」

と、びっくりして見ていたんじゃ。

　百姓も、おんなじように道のそばにあった太い枯竹をとってきて、ひもをしごくように、手《て》軽《がる》に輪にしてな、自分のまわしにしめ、悠々と侍の前にむき合うたんじゃ。

　さあ、いよいよ、仕切りにはいろうとしたときや、

「勝負あった、百姓の勝ち。」

殿さまが、声をかけはったんじゃ。なんで、百姓が勝ったんか、わかるかのォ。
それはのォ、青竹をしごく力と、枯竹をしごく力のちがいを、殿さまは、ちゃんと見ぬいてはったからじゃ。

原話者（故）園政明

鮒になった源五郎

むかし、むかしのことやが、びわ湖のほとりに、源五郎という怠《なま》け者が住んでおった。

ある日のことや。源五郎は、近くの桑畑で、不思議な太鼓を拾うた。

その太鼓の片方を、デンデンとたたくと鼻が高うなり、また、反対がわを、トントンとたたくと、鼻が低うなる。

「これは、おもろいものを拾うたわい。」

源五郎は大よろこびで、太鼓を持って帰ろうとすると、向こうから人声がして、駕籠《かご》が通りかかったのや。その中には、長者の娘がのっていたんで、源五郎は、いたずらがしとうなった。

そんで、すばやく草のしげみにかくれ、

「娘の鼻よ、高うなれ、高うなれ」

というて、デンデンと太鼓をたたいたのや。

すると、娘の鼻は、太鼓の音につれて、にょき、にょきと伸びて、駕籠の外まで突き出よった。

娘は驚いて泣きわめいたんで、父の長者も、びっくり仰天、まさか源五郎のしたいたずらとは気付かなんだもんやさけえ、

「困ったことになったもんじゃ、どうしたらよかろう……」

と思案の末、町のあちこちに立札を立てることにしたのや。その立札にはなァ、

「娘の鼻をなおしてくれた者には、望みどおりの金をやる」

と書いてあったのや。

町角で、その立札を見た源五郎は、ほくそ笑み、素知《そし》らぬ顔をして、長者の家にやってきよった。

「わしはな、立札を見てやってきたのじゃ。娘御の鼻をなおしてやろう。」

長者は、不思議そうに源五郎を見ていたんやが、何しろ困っているときやから、大急ぎで、娘の前へつれていったのや。

「これは、これは、お気の毒に……早速なおして進ぜよう。」

源五郎は、早速太鼓を持って、

「娘の鼻よ、低うなれェ、低うなれェ。」

トントン、トントンと太鼓の裏側をたたくと、娘の鼻は、ツツーッと低うなって、もとどおりの鼻になったのや。

これには、長者も娘も大よろこび。

そこでのォ、長者は、ついでに、もう一つ頼んでみたのや。

「なあ、源五郎とやら、娘の鼻は生れつき低いようじゃ、もう少し高うしてくれまいか。」

「承知しました。」

源五郎は、おもむろに太鼓を持ち、

「娘の鼻よ、もう少し、高うなれェ。」

軽くデンと叩くと娘の鼻は、格好ようなった。

「こりゃ、こりゃ、お前は、日本一の器量好しになったわい、よかった、よかった。」

長者は満足して、源五郎にのぞみどおりの金を与えたのや。

こうして、いっぺんに、金持ちになった源五郎は、少しも働かず、いままでよりも、もっと、ものぐさになってしもうた。

そのうち、退屈でたまらんようになった源五郎は、自分の鼻が、どこまで高うなるか試してみとうなってのォ、ある晴れた日、太鼓を持って野原に出て、

「わしの鼻よ、高うなれェ、高うなれェ」

というて、太鼓をたたきはじめたのや。

すると源五郎の鼻は、デンデンとなる太鼓の音に合わせて、ぐんぐんと伸びるのや。源五郎は、面白うなって、

「もっと高うなれ、もっと、もっと高うなれ。」

デンデン、デンデン、デンデンと、なん回もなん回も、太鼓をたたきつづけたのや。

ぐぐーッと伸びた鼻は、木よりも、山よりも高うなって、雲をつきぬけ、とうとう天までと

どいてしもうた。

ちょうど、そのころ、天国では、天の川の橋の工事をしていた大工さんが、

「これは、橋ぐいに手ごろだ」

と源五郎の鼻を橋げたに、しっかりしばりつけてしもうた。

源五郎は、なんや、鼻の先が痛うなってきたもんやで、あわてて、

「わしの鼻よ、低うなれェ、低うなれェ」

と太鼓を、トントン、トントン、トンとたたきつづけてたんや。するとからだが地面から浮きあがっていくのや。驚いた源五郎は、

「うわーッ、助けてくれ、だれか助けてくれッ。」

大声で叫んでいると、厚い雲の中から、雷さまが、のしッと出てきて、

「こいつ、わしの落とした太鼓を持っとるぞォ、それは、人間の持つものやない、返せ」

というて、いきなり源五郎の手から太鼓を取り上げたのや。

源五郎は、こわくなってふるえていると、

「どうじゃ、わしの太鼓を使ったかわりに、わしの家来にならんか、家来になると約束するなら、その鼻のひもをほどいてやる」

「はい、はい、家来になります。どうぞ、この鼻を楽にしてください」

と源五郎が頼むと、雷さまは、毛むくじゃらの手で、鼻をはずしてくれたのや。

それから、源五郎は、雷さまの家来になって、水まきと太鼓たたきを手伝うことになったの

やが、次第にあきてきてな。怠けてばかりいるもんやで、雷さまは怒ってしもうて、ぽいと、けとばしたんや。あっ！　という間もなく、源五郎は、まっさかさまに、ドブーンと大きな音をたてて、びわ湖へはまってしもうた。

源五郎は水の中で、夢中になってもがいているうち、手や、足が失《の》うなって、鮒になってしもうたということや。

原話者　田中敏郎

おとせの浜

むかしのことじゃ。琵琶湖の東にある手原という村に、若うて器量よしの「おとせ」という女が住んでおったんじゃ。

おとせは、さる武家屋敷に奉公していたのやが、お屋敷の主人が死んだので、宿下がりしてきたんじゃ。

ある日の夕方やった。立派な身なりをした侍がひとり、おとせの家にきて、

「すまんが、しばらく休ませてくれぬか。」

腹のあたりを押さえて、あえぎあえぎいうのじゃ。おとせはこころよく家に入れてやった。

「わたしは東国の者です。さきほど食うたものが当ったったらしい。」

いかにも苦しそうなので、おとせは早速火をおこし、薬をせんじはじめたのじゃ。

薬ができると、侍は、かたじけないと喜んで服《の》み、やがて痛みがおさまると、ぽつりぽつり身の上を語りだすのじゃった。

それで、この侍は源氏の血を引く者で、主君の命令で都から東国へ帰るところや、というこ

とがわかったんじゃ。

りりしい顔立ちの侍におとせは心ひかれ、一生懸命に介抱した。そのかいあって侍の腹痛はなおったが、すでに夜になっていて、おとせの家で泊まるしかなかったんじゃ。

あくる朝、家を出しな侍は、おとせに家紋の入った小刀を渡しながら、こう言うた。

「もしも男の子がうまれたならば、太郎という名をつけてくれ。」

おとせは、東国へ帰っていく侍を、いつまでも見送っていたもんや。

それから、十ヶ月たって、まわりの山々の雪がとけ、手原の村に春がおとずれると、おとせは玉のような男の子を産んでのォ、侍にいわれたとおり太郎と名づけたんじゃ。

太郎の七歳のとき、都で戦《いくさ》がはじまり、手原の村を多くの武士がとおりすぎていった。そうして秋も深まって時雨《しぐれ》が降るころ、戦の波は、とうとう手原の里にまで押し寄せてきたんじゃ。

おとせは、たいせつにしまってあった家紋入りの小刀を出すと、

「太郎。これはお前の父上が下された小刀です。きょうは、これをお前に渡します。お前はまだ小さくて戦はできないから、母はお前にかわって、父上の源氏方に味方して戦います。わかりましたね」

「はい、母上」

と太郎は小刀を受取って、きゅっと口もとを引きしめた。

そのあいだでも、外では、馬のいななき、矢の飛び交う音などしきりで、さわがしい。

おとせは、はち巻をしめ、きりりとたすきをかけ、

「太郎、つづけ！」

と表へとび出していったんじゃ。

おとせは、源氏の兵を助けてようたたこうた。けどなぁ、敵の軍勢は多くて、味方は追われるはめとなってしもうた。

逃げのびて川岸にたどり着いたおとせは、舟を見つけると、

「ここは危のうございます。この舟で琵琶湖にのがれ、わたしの身内がおります堅田へいきましょう」

と言うて、太郎や源氏の兵を乗せたんじゃ。

ところが、追っ手はきびしゅうて、とうとう湖上の戦《いくさ》となったんじゃ。

おとせは、敵の白旗を奪ったりして、女ながらもようたたこうたんやが、多勢に無勢ではどうにもならず、湖に突き落とされてしもうた。けど、そのまま沈まずに、水面に浮き上がってくると、叫んだのじゃ。

「太郎。堅田へ、堅田へいくのじゃーッ。」

「母上、母上ッ。」

太郎の声に、おとせはちからをふりしぼって泳ぎ、一隻の舟にたどり着いて、舟べりに手をかけたとたんやった。

「源氏の女だ、斬れ！」

と叫ぶ声が湖面に流れて、白旗を握っている右腕をきられてしもうた。

おとせは敵方の舟であることを気づかなかったために、斬られて湖の底に沈んでいった。

それから十年以上もたつと、太郎は堅田で立派な漁師に成人していた。おとせが生きていたら父親のあとを継がせて、武士にしただろうが、太郎は殺し合いする武士がきらいじゃった。

菜の花が咲き、ひばりのさえずる春の野をよこぎり、太郎は湖に出たんじゃ。

沖で小舟をとめると、太郎は網を打った。どれだけ魚がかかってるやろ、と思いながら、網をたぐりよせると、魚にまじって、なんと女の片腕がかかっていたんじゃ。しかも、しっかと白旗を握ってるやないか。

まわりから漁師が集まってきて、その白旗をはなそうとしたのに、なんぼ引っぱってもつついても、手からはなれん。

「なんじゃい、この手は？　化物か。」

漁師たちは気味わるがった。

太郎は持っている小刀で白旗を切り取ろうと、ふところから小刀を取り出して女の腕に近づけると、それだけでパッと白旗をはなしたんじゃ。太郎はそこでいうたんじゃ。

「これは、わたしの母上の腕にちがいありません。母上は敵の白旗を持って、たたかっていましたから……」

討死したという母親の話を聞いた漁師たちは、くちぐちに感心し、涙を流したもんじゃ。

太郎は湖のほとりに穴《あな》を掘り、母親の腕と小刀をいっしょに埋め、ねんごろにとむろうた。

それから、その浜のことを、みんな「おとせの浜」と呼ぶようになったんや。
いまも堅田の人らは浮御堂のあたりの浜を、おとせの浜と呼んでるがな……。

原話者　横山幸一郎
再話者　平城山美貴

青花

むかし、びわ湖の南にある木の川というところは、貧しい村やった。

そこに、きよという心のやさしい娘と、病気の母親とが住んでおった。その日のくらしに困りながらも、きよは、母親にだけは、ひもじい思いをさせなんだ。その年の冬、食べられる野の草は、すべて食べてしもうて、あしたから、なにを食べていこうかと思案にくれていたある晩のことや。きよの夢枕に観音さまが現われて、

「あしたの朝早く、草津川の土手の一本松の所へ行ってみるがよい。その日、食べるだけのお米を授けよう」

と、お告げがあったんや。

きよは、あくる朝、目をさますと、不思議に思いながらも、草津川の土手へ行ってみたんや。するると、一本松の所に見なれない木の箱がおいてあって、その中には、白いお米がいっぱい入っておった。

「あっ、ほんまやった。観音さま、ありがとうございます。」

きよは、両手を合わせると、そのお米を少しばかりもらって帰り、朝ごはんを炊いた。

あくる日も早く起きて、土手の上へ行くと、同じようにお米があってなァ。きよは大よろこびで、またその日に炊く分だけもらって帰った。

こうして、きよと母親は、飢えることなく過ごすことができ、少しずつくらしも楽になってきたんやなァ。

ある日、きよは、毎朝早く土手へ行くのが、めんどうになり、五日分のお米をいっぺんにもらって帰った。

そのお米がなくなった六日目の朝、きよが土手へ行ってみると、箱の中には、黒い粒が入っており、白いお米はどこにもない。

「ああ困った。お母さんにおいしいごはんを食べさせてあげることができない。どうしよう……」

帰る道々、きよは、欲を出した自分の心を悲しく思い、それからは、

「観音さま、どうか、おゆるし下さい」

と、毎日わび続けたんや。

こうした後悔の日々が過ぎたある晩のことや。きよは再び、夢の中で観音さまのお告げを聞いたのや。

「あの黒い粒は、青花の種じゃ。それを播いて、育てると青い花が咲くから、その汁を紙にしみこませ、京の友禅問屋へもって行くがよい。」

きよは観音さまの教えどおりに黒い種を裏の畑にまいて、朝に夕に、せっせと水をやってせわをしたもんや。そのうちにやがて、小さな芽がぽっくり出てきた。

「早く大きくなって、きれいな花を咲かせておくれ。」

きよは、雑草を抜き、茎がのびると、倒れないように、わらで囲ってやったりもした。

梅雨があけて半月のちの朝のことや。

観音さまのお告げどおり、畑には、目がさめるような水色の花がたくさん咲いてるんや。

「ああ、なんてきれいな花やろう。」

よろこんだきよは、夢中になって、その花をつんだもんや。

かごが、いっぱいになったときには、きよはもうくたくたになってしもうていたんや。

ふと西の方を見ると、比良の峰々が朝日に照らされ、美しゅう輝いているんや。

きよは、つみ取った青花を、力いっぱいしぼって汁を出し、それをていねいにはけで紙にぬっていった。乾いてはぬり、また、乾かしてはぬる。炎天下の仕事は、若い娘にはつらい仕事やった。

つぎの日も、またつぎの日も、朝早くから青花をつんで汁を紙にしみ込ませていったもんや。きよは雨や汗で紙がぬれないよう、風に散らないようにと気をつけて働きに働いた。

それをみた病気の母は、

「きよや、今日一日ぐらい、休んだらどうや」

と、とめたんやが、きよは、

「毎日、つみとらないと、花びらがしおれていい汁がでないから……」

と、畑へ出て行った。

そのうち、ようやく、紙は、からすのぬれ羽色にできあがった。きよは、その紙を京の友禅問屋に持って行ってのォ。

「下絵を書くのに、どうかこれを使ってください」

と、たのんだが、店の主人は相手にせなんだ。けれども、きよは、あきらめることなく、何度も、何度も店へ行ってはたのんだもんや。

「おねがいです。この紙の色は、あとで水で洗えばすぐ流れおちます。ご主人さま、どうか一度ためしてみてくださぃ。」

問屋の主人は、きよの熱心さに負けてのォ。そこで、だまされた思いでためしてみて驚いた。

「なるほど、これは、下絵をかくのにええ」

と、思わぬ高値で買いとってくれた。

さあ、このことが村中に知れわたって、木の川村の人々はこぞって、青花を作るようになった。

やがて、木の川村は見ちがえるような豊かな村になり、この青花紙は近江の国の特産物になったということや。

原話者　堀井清一
採集者　中神良太
再話者　加納玲子

村で一番弱い男

むかし、鈴鹿の山麓に多助という、怠け者の男が住んでおった。若いのに、年取ったおっかあになにもかもさせて、毎日ぶらぶら遊んでばかりいたんじゃ。そのうちに誰ぞに注意でもされたのか、たまには山に入って一日がかりで、柴の一束ぐらいは作って来るようになったんじゃ。

「やれやれ。やっと多助も働く気になってくれたわい」

と、おっかあがよろこんだが、遊びぐせのついた多助のことや、柴を作るのも面倒くさくなって、こどもが作る柴を横取りしては自分が作ってきたような顔して帰っていたんじゃ。

そんなことをちっとも知らんおっかあは、冬が近づいたある日、多助に、

「山へ行って柴を作ってきてくれんか。ぎょうさんできたら町へ売りに行って、帰りに魚の干物でも買うてきてくれんか。」

「ほな、行ってくるさけ弁当作ってくれや。」

多助は素直に山へ行って柴作りをはじめたが、じきいやになって、あたりをきょろきょろ見

回したんじゃ。誰ぞ柴作ってる者がおらんかとな。ほな、下の道を小柄な男がひとり、大八車を横においで休んでおったんじゃ。車には柴がどっさり積んである。

「よおーし。あれをおれのものにして、町へ売りにいってやろ」

と、なたを腰に差すと、山をかけ下り、

「おいこらッ、その荷物をここへ、おいてけえ――」

大八車の男は、ゆっくりと立ち上がった。小柄と見えたその男は、そばで見ると、いかにも強そうながっしりした体つきじゃ。それもそのはず、この男は、となりの神村《かむら》ちゅう里では一番の力持ち、観音さんの奉納相撲では、三年続けて勝ち抜いておる八兵衛じゃった。

「なんやて、これはな、わしがこれから町へ売りに行く柴やがな。」

「わかってるわいッ。ぐずぐず言わんと置いてけえ――」

「殺生なこと言わんといてえな。町では、みんながわしの行くのを待っているんやで。」

「言うとおりせんと、こわいぞ！」

勢いにまかせて、腰のなたをふりかざすと、八兵衛は、

「まあまあ、ちょっと待てや。この重たい大八車を引いて町へ行くのは大変やで。わしが行って売ってくるさかいに、お前さんはここで待ってたらどうや。お金やと軽いしな、それを渡そやないか。」

「よし、そうしよう。夕方までに、ここへ戻ってこいッ。きっとやぞ！」

「へえへえ、よろしおす。」

八兵衛は町の方へ車を引いて行きよった。

〈うまいこと行ったわい〉

多助はどっかと、道ばたへ腰をおろし、おっかあの作ってくれた弁当をうまそうに食べてな。

それから、ごろんと寝ころんで、八兵衛の帰りを待っておったんや。

夕やけ雲が、あたりを赤く染め出した頃やった。

「えらい待たせたなあ」

と、八兵衛は戻ってきよった。怠け者の多助は、さっと手を出し、

「さあ、約束の金をもらおう！」

「まあまあ、そうあわてんで。わしは、これをそっくりお前さんにあげたいんやが、なんやら財布の中がそうぞうしい。何をしゃべっておるのか聞いてみてからや。」

〈おかしな事を言う男やな〉多助は、ぽかーんと口を開けて、八兵衛のしぐさを見ておった。

八兵衛は真面目な顔をして、

「おいおい、財布の中の金よ。何をそんなにさわいどるのや……？　なに、何やてえ、あんな怠け者のとこへ行くのはいややて……。ふんふん、売られて行った柴が、あんな男のとこへ行ったらあかん、と言うたんか。そうかそうか。早う家へ帰ろうてか、よしよし……。なあ、お前さん。お金がな、お前さんとこへ行きとうないて言うてるわい。」

「なんやとォー、そんなあほうなッ。約束がちがうやないけ！」

多助はなたをふり上げて八兵衛に向かっていきよった。ところが、相手は村一番の力持ちや。

うまく体をかわすと、息子の腰に手をかけて、エイッとばかりにたたきつけたんや。そして、怒って起き上がろうとする多助をおさえて、

「やいッ、八兵衛さまの手の内、思い知ったか。わしは、神村《かむら》で一番弱い男や。こんな弱いわしにやられるとは、何ちゅうざまや！　これから、神村の男に手出しをしようもんなら、それこそ足腰立たんような目に合うから、よう覚えとけッ」

と、空の大八車を引いて、さっさと帰って行きよった。

怠け者の多助は、がっくりとひざをついて、八兵衛のうしろ姿を見送っていたんやと。

そののち、この怠け者がどうなったかは、だれも知らんのじゃ。ただ、風の便りに聞くと、なんでも雪の降る里で、年とったおっかあにわらじ作りを習うておるのを見た者があったそうな。

原話者　大原準一
再話者　藤沢澄子

鬼　丸

むかし、むかしの話や。

鬼丸という一人の男がおってなあ。

その男は、金持ちで広い屋敷や土地を持っていたんやが、だんだん落ちぶれて、自分の身の回りのものを一つ売り、二つ売り、とうとう乞食になって長門の国に流れていったんやて。

しかし、秋の澄みきった満月を見たり、虫の声を聞くたびに、いやはやなんとも、故郷《ふるさと》がこいしゅうて、こいしゅうてたまらんようになってきたんや。

それでとうとう、ふるさとへ旅立つことにしたんや。

昼は、町の中の家を回って物乞いし、夜はもらったものを食べながら、野宿したりした。

ある日のこと、鬼丸は道中で一人の盲目《めしい》のあんまに出会ったんや。

「もし、もし、どこまで行きなさるんや。」

鬼丸は尋ねたんや。

すると、盲目《めしい》のあんまは、

「都を越え、近江の国を中仙道に沿って美濃の国まで縁者をたずねて参るところでなあ」

と答えるのや。

鬼丸は話しているうちに、だんだんそのあんまと仲良くなり、一緒に道中をしたんや。

あんまは、風采もよく、相当金も持っているらしいんや。

鬼丸は、つれだって歩いて行くうちに、あんまの大金が、欲しゅうて、欲しゅうてたまらんようになってしもうたんや。

鈴鹿山の峠まで来た時鬼丸は、大声で、

「金を出せ」

と胸ぐらをつかんだんや。

「これこれ、何をするんやいな、こんなところへ手を入れたりして。」

あんまは、手さぐりながら、鬼丸の手を払いのけようとしたが、鬼丸の手がぐいぐいのびてくるので観念して、

「金を取られて死んでも仕方ないけど、一つだけお願いがございます」

と両手を合わせて、見えない目で鬼丸を見すえるように言うと、

「何じゃ」

と鬼丸は言葉もあらく言ったんや。

あんまは、

「『レイロク山のとう人はちょうもんのきがんじゃ』と言うて道中の仏さまに念仏をあげてく

ださい。そうすれば私は極楽へ行けますので」

とていねいに頼んだんやて。

　無学な鬼丸はこれを聞いて、

「これはまた、何のことかいな」

と聞くと、あんまは、

「ダラニ経で、これで私のめいふくを祈ることになりますのや」

と言ったんで、鬼丸は、

「その位のことならいとやすい、引き受けよう」

と言い、その場であんまを殺してしもうた。

鬼丸は、教えられた通りの唱文をとなえながら、旅を続けたんや。

一方、あんまの死体を見付けた役人は、その犯人を探すのに躍起となった。

道行く旅人を一人一人検問したが、見当たらんのやわいな。

　ところがある知恵のある役人が、

「ついこの間、鬼丸がおかしな唱文をとなえて道を歩いておったぜ」

と告げてくれたもんや。

　役人は、早速鬼丸を捕えてしまった。

　鬼丸は、レイロク山とは鈴鹿山のことであり、とう人は盗人、ちょうもんは長門、きがんは
鬼丸であるということを知らずに、『自分は鈴鹿山で盗人をした長門の鬼丸です』と、自分か

ら言いふらしておったので、捕まえられるのも、もっともなことじゃよなあ。

原話者　小杉兵次郎
再話者　真鍋京子

めおとヅル

　むかしむかしのことや。湖の南のある村に、亀吉とお松という夫婦がおった。仲が良うて、よう働く百姓夫婦やったが、子どもがなかったのやなァ。

　夫の亀吉は、酒も飲まんし、かけごともせえへん、まじめな男やった。女房のお松は、神さん仏さんのお参りもかかさん信心深い女で、近所の子どもたちにもしたわれておった。そやけど、この亀吉には、たったひとつだけ、道楽があったんや。

　それは、かりをすることやった。田んぼや畑のしごとのあいまに、野原や川辺、湖畔を歩きまわって、弓矢で鳥やけものを射殺していたんや。

心のやさしいお松は、亀吉が持ってかえるえものを見るたんびに、かなしく思うとった。

「むごいことや。このけものや鳥たちにかて、待っとるヒナや子どもたちがおるやろうに……」

亀吉がえものを殺すのは、食べもんに困ったからやなかった。田んぼや畑を荒らすからでもなかった。ただ、弓をとって、矢を放ち、それをえものに当てるのが好きなのやった。

「かわいそうなことはやめておくれ。そんなことをつづけていて、神さんのばちがあたったらどうするの」

と、お松は夫に何度もたのんだのやが、亀吉はいっこうに聞き入れなんだ。

秋になり、山や野原は黄色く、赤く、色づきはじめた。

亀吉は、きょうもひまをみつけて、弓矢を持って、出かけて行ったんや。

夕ぐれどき亀吉は、大きなオスのツルを背負うて、勇んで家にもどってきた。

「おおい、お松、見てみろ、この大きなツルを。大したもんやろう。」

いそいで出てきたお松は、亀吉の背負っているツルをみて、「あっ」とおどろいたんや。

「このツル、首があらへんわ。むごいことをして……」

「首があらへんのはなあ、飛んでるツルの首をねろうたからや。ワシの腕がええからや。ワッハッハッハ。」

お松はツルがあわれで、胸がいっぱいになった。

雪がふりはじめて冬になった。そして春がすぎ、夏になり、再び秋がめぐってきた。

ある日のことや、亀吉は野良しごとをしてしもうてから、えものをさがしに出かけていったんや。

あちこち、歩きまわったんのやけど、どういうわけか、えものはさっぱりやった。それで帰りかけた亀吉は、なんの気なしにふり向いたんや。すると、一羽のツルが白い羽をひろげて、輪をえがくように低く飛んでいるのが見えた。

「おっ、ツルや。ええええものに出会うたぞ。よっしゃ、しとめたるぞ。」

亀吉はキリキリと弓をひきしぼって、ツルにピタリとねらいをつけたんや。ビューンと矢がうなると、一瞬ののち、ツルの白い胸が赤い血で染まった。亀吉は、落ちてきたえもののところへとんでいったんや。美しいメスのツルやった。

亀吉がツルをひきおこそうとしたそのとたんや、亀吉のからだはフワッと浮きあがったかと思うと、強い力で地面にたたきつけられてしもうた。

あっ、というまのできごとやった。しばらく気を失っていたんやろなあ。ひどい痛みで気がついてみると、肩からうでにかけて、まっ赤な血が噴きだしておった。

びっくりぎょうてんした亀吉は、おそるおそる手にしたツルを見たんや。するとな、ツルの羽の中に、しっかりとだきかかえられているもんがあった。

「いったいなんやろう……」

と、のぞきこんだ亀吉は、おもわずアッとさけんだ。たおれたツルが、羽の中にしっかりとだきかかえておったのは、なんと、オスヅルの首やったんや。

「おおっ、これはあの時のツルやないか。」

メスのツルは、殺された夫のツルの首を一年間、大切に守っていたのやった。

この時、亀吉は今まで自分がしてきたことの罪の深いことを、思い知ったんや。

「ワシは何ちゅうひどいことをしていたんやろう。」

亀吉は、しばらく力がぬけて、立つこともできなんだ。ようやく立ち上がった時は、いつのまにか陽が落ちて、あたりはすっかり暗くなっておった。

亀吉は、傷の痛みをこらえながら、ツルをかかえて家へとむかった。ツルを背負い、肩からうでにかけて血に染まった夫の姿を見て、お松は声も出ないほどおどろいたんや。

「見てくれ、お松、このツルを。」

「それより、あんた、ひどいケガをして、いったいどうしたん?」

「いいから見てみい。ワシはひどいことをしてしもうた。」

お松は言われたとおり、ツルに近づいてのぞきこんだ。

「まあ、羽のあいだにオスヅルの首が……、これは去年のあのツルやないの。めおとのツルやったんやねえ。」

お松のほおに、すうっと涙が流れるのを見て、亀吉は、

「ワシが悪かったんや。おまえの言うことも聞かんで、いきものを殺したばちがあたったんや。」

ケガを気づかうお松をおしとどめて、

「はよう供養《くよう》してやらにゃあ。矢にあたったいきものの痛みにくらべたら、ワシの傷なんぞは大したことあらへん。」
亀吉はお松に、二度と殺生はせんとちかったんや。そしてな、夫婦して、ツルのめおとを庭のすみに埋め、死ぬまで手を合わせることを忘れなんだそうや。

原話者　木村健太郎
再話者　安部川昭子

クモとハエに助けられた男

昔、あるところに、人一倍クモとハエが嫌いな男がいたんや。

ある年のこと。

長い日照りが続いて田植えもできんようになったさかい、村人たちは隣村のため池のせんをぬいて、水を盗むことにしたんや。

人のよい男は、村人たちのためにその役目をかって出たんや。

ある日の夕暮れ、男は隣村のため池にもぐりこんで、勢いよくせんを抜きとった。

ドドドドド――ッ
ものすごいしぶきをあげて、水は川下に向こうて流れていったんや。

ところが具合いの悪いことに、水番に見つかってしもうた。男は大あわてで山に向こうて逃げて行くと、ちょうど洞穴《ほらあな》があったんで、男は、しめたとばかりに洞穴に入ると小《ちい》そう身をかがめて、外の様子をみておった。

するとのォ、どこから来たのか大きなクモがすーっと現われて、洞穴の入り口にぶらーんとぶら下がったのや。

そしてなァ、クモは大きなおしりからキラキラ光る糸を出しながら、洞穴の端から端へと糸を渡し始めた。クモは、あっちのすみこっちのすみといそがしくかけずり回り、みるみるうちにみごとな巣を作ってすっかり穴をふさいでしもうた。

その時、大勢の村人たちをひき連れて、水番がやってきたんや。

村人たちは木の陰をのぞいたり、草をかき分けてさがしていたが、その内、大きな洞穴に気づいた一人の村人が、

「おーッ。ここにちがいない。入ってつかまえろ」

と叫んだのや。はたにいた若者が、急いで洞穴に入ろうとしたが、クモの巣でふさがれた入り口を見て、

「いや、ここではなさそうや。もしこの穴に入り込んだのなら、クモの巣は破れているはずや。」

「うーん、なるほどな。」

洞穴をのぞき込んだ村人たちは、あきらめて山の奥へと入って行ってしもうた。

洞穴の中で縮まっていた男は、胸をなで下ろし、

「あー、危いとこやった。それにしてもよくもみごとに巣をはったもんじゃ。お前のおかげで助かったわい」

といいながら、洞穴から出て、村人たちと反対の方に走り出したんやと。

なんとか村の近くまで帰ってきた男は、

「ここまできたら、もう大丈夫や。やれやれ、えらいめにおおたわい。」

男は、あぜ道にどっかと腰をおろし、ひと休みしているうち、ひどう疲れていたんやろう、うつらうつらといねむってしもうた。

そのうち、山奥から村人たちがもどってきたらしい、にぎやかな声がしてきたんや。

その時、どこから飛んできたんか、ハエが男の顔の辺りをブーン、ブーンとうるそう飛び回った。

男が眠たそうに目をあけると、大きらいなハエや。男はびっくりしてとび起きた。すると、もうすぐそばまで、村人たちが山から降りてきていたのや。

「えらいこっちゃ！」

男はあわてて、自分の村に走って帰った。

ハエのおかげで、無事に帰りついた男は、

「わしは、大きらいなクモとハエに助けてもろうた。今まできろうておってすまなんだのう」

といって、それからは、クモやハエをいやがらんようになったんやと。

原話者　図司庄九郎
再話者　上川昭子

湖東

狐のお産を助けた名医

むかし、びわ湖の東、日野の里に、仲葉《なかば》という医者が住んでおったんやと。

春もさかりのある夜ふけのことやった。

月に照らし出された仲葉の家の門を、ドンドンとたたく者がおった。

「また、急病人じゃな、どれどれ……」

ねむい目をこすりながら仲葉が門をあけると、そこに、美しい腰元ふうの若い女が一人、深く頭を下げて立っておるのや。

「先生、おねがいでございます。私どもの奥方さまが、急に産気づかれて、ひどう苦しんでおられます。夜分ではございますが、ぜひともみていただきたく、かごを用意して参りました。」

「して、どこのお屋敷かな？」

「はい、南山王《みなみさんのう》の森の下でございます。」

仲葉は、はて、南山王の社《やしろ》の所に、そのような、腰元を使うほどの家があったやろかと、首をかしげておると、

「どうか早うお願いします」

と腰元がせかすので、仲葉は急いで身仕度をととのえ、案内されるまま、かごに乗ったんじゃ。

やがて、大きな門構えの家に着いた。

かごからおりた仲葉は、なおも、早う、早うと腰元にせかされながら、奥の部屋に通されたんや。するとな、そこには、若く美しい奥方が、お産の苦しさに、ぐったりと横になっておってな、その顔は、血の気を失うて、死んだように見えたんや。

仲葉はお腹をさすり、全身に汗をにじませながら、

「それッ、お湯を……」

と腰元に指図しながら、てきぱきと順序よく処置をしていくと、やがて、

「おぎゃあ――」

と、大きな産声が、夜の屋敷中にひびきわたったもんや。

「男の子じゃ。」

「やれ、うれしや。」

屋敷中は、大変な喜びようで、

「それ祝いじゃ」

「酒盛りじゃ」

と、祝いの宴が始まってな、仲葉もすすめられるままに、何盃もさかずきを重ね、ほろ酔い気嫌で、とろりとろりとしながら、再び、かごにゆられて、家に帰ってきたんや。

あくる朝のことや、目をさました時には、仲葉は、すっかり酔がさめ、どうも昨晩のことが気にかかってならん。そこで、もう一度、南山王までやってきたんやが、昨夜の家はどこにもみあたらん。

「はてな……」

と、首をかしげて、そばの石に腰をおろしたときや。あたりの笹の葉ががさがさゆれて、一匹のめす狐がひょこっと目の前にあらわれたんや。

一瞬、ぎょっとしたけど、よお見ると、なんと、その狐は、産まれたばかりの可愛い子狐を抱いておるやないか。そして、ちょこんと坐った母狐の目は、涙でうるみ、親しげに仲葉をじっと見つめておるのや。

「そうか、狐やったんか。お前がゆうべわしを化かしたんじゃな」

と、やさしく言うと、狐はコンと鳴いて頭を下げたんで、仲葉も、そうか、そうかとうなずきながら、

「それにしても、ようしんぼうして産んだなあ。よかった、よかった。大事に育ててやるんじ

ゃよ」
と、狐の頭をなでてやりながら、春風の中をさわやかな心地で家にもどっていったんやと。

原話者　瀬川欣一
再話者　児玉モト子

彦一と魚

彦一のおっかさんは働き者で、信心のあついひとやった。

鎮守の森をねぐらにするカラスのうちの一羽が、ひな鳥のとき、母カラスに捨てられたのか、彦一の家の庭さきで悲しそうに鳴いていたんや。彦一のおっかさんは、まだ飛ぶこともできんカラスのひなに、餌《えさ》をやり、水を飲ましてだいじに育て、飛ぶようになると、鎮守の森へ逃がしてやったんや。

それから半年ほどして、彦一のおっかさんは、ふとした病気にかかって、あっというまに死んでしもうた。

それから一年ほどたって、あたらしいおっかさんがきた。あたらしいおっかさんは、はじめのうちこそ、彦一、彦一とかわいがってくれたんやが、弟が産まれると、とたんに弟のほうをかわいがって、なにかにつけて彦一をうとんじるようになったんや。

弟が大きくなると、お菜《かず》までちごうてきたんやな。魚のときなど、いちばんようわかった。弟のは、いつも骨のない真ん中ばかり。それにひきかえ、彦一のほうは、頭とかしっぽで、そのつど、なさけないおもいをしておった。

ある日、彦一は、ひとり小川で魚を取って遊んでいたんや。するとな、鎮守の森のほうから一羽のカラスが飛んできて、彦一が取った魚をつつきだしたんや。

彦一は、生きものをかわいがった死んだおっかさんのことを思い、おこりもせずに、だまって見ていたんや。

カラスはフナの頭《あたま》をつつくと、「カーシラ、カーシラ」、ついで、しっぽをつつくと、「オーサン、オーサン」と鳴くのやった。

それから四、五日あとの夕餉《ゆうげ》どきやった。魚のお菜で、おっかさんは自分が産んだ弟に、いつものように真ん中をやり、彦一にあたまをやったんや。

このとき彦一は、つい、このあいだの、カラスの鳴き声をおもいだしてな、こう言うた。

「おっかさん。あたまを食わんと、人の頭《かしら》に立つことはできんそうや。」

うまそうに食う彦一を見て、継母は、これではいかんと、つぎのときはしっぽのほうをやったんやな、それも彦一はよろこんだ。

「おっかさん。王様にあやかるには、魚の尾を食わんといかんそうや。」

継母は彦一の頭のよいのにはかなわぬと、それから、なんでも平等にしたそうや。

彦一はさっそく鎮守の森へ行き、

「カラスよ、おおきに」

と大きな声で礼をいうた。そしてな、彦一は、自分にちからをかしてくれたのは、死んだおっかあが育てたカラスにちがいない、と思うたもんやった。

原話者　村岡ヒサノ
採集者　犬井道子
再話者　中野隆夫

怒った地蔵さん

むかしむかし。ある村に、仲のよい兄弟がおったと。

ある日、若い二人は薪を山のようにつんだ大八車をひいて、山をおりてきたんや。そして、川べりの六体地蔵の前まで帰ってな、

「兄い、疲れたのう。この地蔵さんのところで一ぷくしようや」

「よし、そないしょ」

と一休みしたんや。ところが、二人ともくたびれていたのでそのまま寝こんでしもうた。

数時間たって目をさました兄いが、

「オイ、起きろよ。日が暮れてしまうぞ」

と、弟をゆすり起したんや。

「えらいこっちゃ、早よ帰らんと、おっかあが心配するで……」

と二人はとび起きて、大八車を動かそうとしたんやが、車が道に深うのめりこんで押しても引いても、ビクともせんのや。

「やれやれ、こんなところで休んだんで、きっと地蔵さんが怒ったんや。」

「そうかもしれんのう。それッ、もうひとふんばり、よっこらしょッ！」

二人は、ありったけの力を出して車を引いたんや。

「ガラ、ガラ、ガラッ！」

車はやっと動きだしたんやが、そのはずみで大八車の尻が地蔵さんに突き当って、一体が横二つに割れてしもうた。

「ありゃあ、えらいことをした！」

二人は、誰ぞに見つけられては大変と大急ぎで大八車を引っぱって、家へ逃げ帰ったんや。

ところが、家につくと二人ともにわかに熱を出して、腹がいたいと苦しみ出したんや。

「あー、いたい、いたい。助けてくれえ。」

「おっかあ……死にそうじゃ。」

おっかあはびっくりしてしもうて、せんじ薬をのませたり頭をひやしたり、いろいろ手あてをしたんやが、二人ともちっともようならん。おっかあは心配して、

「お前ら、けんかでもしたんか。山で何ぞ悪いもん食べたんとちがうか。」

「いやいや、なんもなかった。ああ、いたい、いたい……」

「おお、そや。六体地蔵さんでいっぷくした時、車の尻が地蔵さんにあたって割れたんや。」

「なに、地蔵さんが割れた？　それや、それにまちがいない。」

おっかあはうなずくと、一目散に六体地蔵さんのところへかけつけたんや。そこには、割れ

た地蔵さんがころりところがっておって、

「いたやのう……いたやのう」

と、泣いておられるやないか。おっかあは急いで地蔵さんを起こすと、用意して来たふのりで割れたところをひっつけ、

「息子らがえらいことをしてしもうて、ゆるしてくだされや……」

と、一生懸命あやまったんや。

そして家に帰ってきたら、あんなに苦しんでおった息子たちが、ぴんぴんしておったという話や。

そんで、六体地蔵の中の一体はいまでも、横に割れたあとが残っておるんやと。

原話者　中村嘉太郎
再話者　宮村景子

千両松

むかし近江の日野に甚平さんという樵夫《きこり》がいたんやてェ。甚平さんははたらきもんでとおっていたそうや。

その日もいつものように山に入ってはたらいて、星がまたたきだしたので山道をもどってくると、どこからか赤ん坊のなき声のような声がするんや。甚平さんはマサカリとノコギリをかついだまま、草や木の枝をかきわけて声のするほうへいったんや。そしたらなぁ、一匹の狸が、わなにかかって鳴いているんや。そのそばに子狸が三匹もいて、かなしい顔して、たすけてくれェともよお言わんと、じっと甚平さんを見るんや。甚平さんはかわいそうになって、

「そうか、おっかあをたすけてほしいんか」

言いながら、母狸をたすけてやったんや。

それからしばらくして、ある晩甚平さんは夢を見たんやなぁ。その夢というのはな、江戸へ出て大金持ちになってる夢やった。甚平さんは思いきって江戸へ出る決心をし、さくらの咲くころ、日野をあとに旅立っていったんやてェ。

甚平さんは江戸で商人になってな、一生懸命はたらき、むだづかいせなんだもんやさけェ、えらい大金持ちになったんやがな。

いつのまにか甚平さんも年とって、故郷が恋しくなってきたんやな、日野の景色ばかり夢に見るようになった。そや、金はたんまりある、この金でらくして暮らそう。甚平さんは故郷へ帰ることにしたんや。けど、日野までの長い旅を思うと、途中で追いはぎや山賊におそわれ、あり金ぜんぶ盗られることもないとはいえず、なやむしかなかったんや。

なんぞええ方法はないやろか、と考えていた甚平さんの目に、松の盆栽がうつったんや。

「そや、これがええ。」

甚平さんは大きな植木鉢の底に千両の金を入れてな、その上へ土をかけ、松を植えて、荷車に積んで東海道を西へ向こうたんや。

箱根の山まできたときや。心配してたことがあたって、あっというまに山賊に取りかこまれてしもうた。植木鉢の底にある千両に気づかんように、と甚平さんは神さま仏さまに祈ったんやけど、山賊どもは松の幹に手をかけ、いまにも引き抜こうとする。なんねんもかかってせっせとはたらいてためた千両の金を取られるのか。甚平さんは目をつむって泣きかけていたんや。

そのとき、おい、金はそんなとこにない、やめておけ、という大きな声がしたんで、おそるおそる目をあけてみたんや。するとな、山賊どもがおカシラと呼ぶ大きな男が立っていたんや。

山賊どもが向こうへいったあと、その大男が近寄ってきて、

「ずっとまえ、日野の山の中でたすけてもろた狸の孫狸です。これでご恩返しができました」

と甚平さんにいうのや。甚平さんはすっかり忘れていたのを思いだして、

「ほな、山賊のカシラにばけてたすけてくれたんか。」

狸の恩返しがあって、甚平さんはぶじ千両の金を故郷に持って帰ることができたそうや。

いまも日野の綿向神社には千両松の碑が建っているんやてェ。

原話者　寺井秀七郎
採集者　浅尾和子
再話者　中野隆夫

ビワの好きな竜神

何百年も昔のことや。八風街道を供もつれずに、一人でてくてくと登ってくる美しい乙女がおったんや。

乙女は、池田の庄屋・甚太夫の家にやって来ると、

「あした、大滝神社へお参りするもんで、まことにあつかましいおねがいでございますが、一夜の宿をお借りできないもんでしょうか」

と、何度も何度も頭を下げるもんやさけ、甚太夫は快く承知したもんや。

するとと乙女はよろこび、ふところから真白な、まるい小石を取りだしてな、

「この石を毎日撫でて下さい。必ずよいことがございます。」

甚太夫に手渡すのやった。そのあとで、乙女は遠慮しながら、おねがいついでにもうひとつ、と、こんなことをいうたのや。

「なるべく奥まった部屋で寝かせてください。そして、その部屋へは、水を張ったタライを置き、食事はいりませぬ。にわとりの卵三つ四ついただければ……それから、わたしが部屋へ入

りましたら、どんなことがあってもあけたり、のぞいたりしないでください。」

毎日撫でていると必ずよいことがある、という小石をもらったてまえ、甚太夫は乙女のいうとおりにしたもんや。

乙女は毎年来るようになったんや。来る前日になると奥の部屋を掃除し、タライになみなみと水を張り、盆に卵を盛って準備してなぁ、乙女が部屋に入ると誰ものぞいたりはせなんだもんや。

乙女が泊まるようになってから、小石を毎日欠かさず撫でてるせいもあって、甚太夫の家は幸福な日がつづき、目立って栄えだした。

その年も、また乙女が訪ねてきたのや。毎年きているのに、乙女は、ちょっとも年を取らん。年をとるどころか、ますます若うて、美しゅうなるばかりや。不思議や、と思うたとたん、甚太夫は、部屋でひとりでいるときの乙女を見とうなった。

「よし、こん夜、見よう。」

その夜、甚太夫は、止められているのにヌキ足、サシ足で部屋に近づいていったんや。そして耳を澄ましてなかの様子をうかごうたが、物音ひとつ立たず、しーんと静まりかえってる。ひょっとして、なかにいないのかもしれん。そう思うてのォ、甚太夫は思いきって仕切戸をあけたんじゃ。

とたんに、甚太夫は、あッと声をあげ、腰を抜かしてその場に坐り込んでしもうた。むりもない。甚太夫の見たものは美しい乙女やのうて、タライの中でらんらんと目をかがやかしてとぐろを巻いている、白蛇やったからや。

その夜から、甚太夫は高い熱を出し、それが何日もつづいて、さいごに狂い死にしてしもうた。白い小石も黒い色に変わり、ただの小石になってしもうた。

翌る年も、甚太夫の家では、乙女の訪れを心待ちにしていたが、ぷっつりとこなくなり、それ以後、甚太夫の家は貧しくなり、あと絶えてしもうた。

甚太夫の家へ乙女が来なくなってから、愛知川の水が増える時期になると、上流の萱尾《かやお》のほとりにある大きなビワの木を目当てに、瀬田の唐橋のたもとに住んでいる白い竜神が濁流をさかのぼって来るようになったんや。竜神はビワの実が好物やったんや。

原話者　滝本直一
再話者　永谷晶子

ところてんとかみなりさま

むかし、むかし。ちんじゅさまの夏祭りのことや。その日は、朝からそれは暑い日やった。お宮の参道《さんどう》にはたくさんの店が並んでいて、おまいりの人達も、あとからあとからやってきて、大そうにぎわっていたんや。

ところがや、夕方になって布引山《ぬのびきやま》の方の空が急にくろうなって、ピカピカッと、いな光がすると、大きな雨粒もおちてきたんや。

「こりゃあかん、かみなりさまやー。」

おまいりの人達は、一目さんに家へかえってしもうた。

お店やも急いで店じまいして、あわててかえってしもうたが、ところてん屋のじいさんだけはとしよりなもんで、すぐには店じまいできなんだ。

うろうろしてるまに雨がひどうなって、じいさんは、参道のそばにある大きな木の下に雨やどりしようと、はしりかけたんや。

その時、バシャ、バシャ、バリバリと、ものすごい音がしてな。じいさんは、そのばにへなへなとすわりこんでしもうた。

しばらくして、雨もやんでほっとして目をあけたじいさんの前に、かみなりさまがにゅうとたっておったんや。そしてな、そばのしょうぎ台の上にどっかとこしをおろすと、

「じじい！　ところてんをくれー」

と、大声でどなったんや。

じいさんは、おそるおそるところてんを皿に入れてそっとさしだすと、かみなりさまは、さっとひったくり、ペロッと、ひといきに、たべてしもうて、

「うまい、じじい、もう一ぱい」

「もう一っぱい」

と、またたくまにたいらげてしもうてな、

「ああ、うまかったわい、どーれ、かえろうか」

と、大きくなったおなかを、ドンドコたたきながら、

「どっこいしょ」

と、こしをあげたんで、じいさんはあわてて、

「かみなりさま、かみなりさま、まだお金いただいてしまへん」

「かりじゃ」

と、かみなりさまはすました顔で帰りかけたんで、じいさんは追いかけて、

「では、おところは？」

と、きかはった。するとかみなりさまは、

「ところは天《てん》で、銭《ぜに》はかりかり」

というて、さぁーと、雲の上にかえっていってしまったんやと。

原話者　加藤愛子
再話者　長谷部秀子

ぽいとこしょ

むかし。年をとってから、もの忘れがきつうなったじいさんと、やさしいばあさんが仲よう暮らしておった。

ある日、親類に法事があって、じいさんがおまいりに行ったんや。

お勤めがすんで、いろんなご馳走が次から次へと出てきたんやが、歯の悪いじいさんにはどれも固うて食べられやせん。

そのうち、いかにも柔かそうな団子が、皿いっぱいに盛られて目の前にならべられたんや。

それを見たじいさんは、

「ほう、これはうまそうだ。」

これなら食べられるやろと、よろこんで舌をチョンチョンと鳴らしながら食べはじめたんや。

「こんなうまいもんは初めてや。うちに帰ったら、早速ばあさんに作ってもらおう」

と、思うたが、何という食べ物か分らん。そこで、親類の人にたずねたんや。

「このうまいもんは、一体なんちゅうご馳走やな？」

「お気に召しましたかな。これはだんごちゅうて、米の粉で作りましたんやがな。」

そんで、じいさんは教えてもろうた団子のことを忘れんように、親類の家を出るなり、

「団子ォー、団子、団子ォー」

と、お経をとなえるように言いながら帰っていったんや。

やがて、小さな川にきたとき、じいさんは思わず、

「ぽいとこしょ」

と、声をかけてとびこえたんや。ところがや。今まで言うていた「団子」ちゅう言葉を忘れてしもうて、

「ぽいとこしょ、ぽいとこしょ、ぽいとこしょ」

と、言うて帰っていったんや。そして、家《うち》へつくなりじいさんは、

「ばあさんや。今日はな、うまいもんを食うてきたぞ。ぽいとこしょいうもんや。うちでもあれを、作ってくれんか。」

「ぽいとこしょ？　そんなもんは聞いたことおへんな、どんなもんやろな。」

「おまえ、あんなうまい、ぽいとこしょ一つ知らんのかい。あかんやっちゃなッ。」

じいさんは、思わずぴしゃりッと、ばあさんのほっぺたをぶったんや。

「あいたたー、なんでたたくんや……」

ほっぺたを押さえたばあさん、ふと鏡を見ると、赤うなって、団子のようにふくれてたんや。

それで、顔をしかめながら、

「じいさんや、ほれ、見なはれ、きつうたたかはったんで、ほっぺたが団子みたいになったがな……」

するとな、じいさんは、ポンと膝を打って、

「ほや、ほの団子や！」

やっとこさで、思い出して、ばあさんにあやまったんやと。

原話者　加藤愛子
再話者　菅井禮子

あんころ餅ときなこ餅

むかし、むかし。

あんころ餅ときなこ餅が旅に出たんやと。

ところがどうしたことやろか、あんころ餅は、サッサと歩けるのに、きなこ餅は、ペタンコ、ペタンコなかなか歩けんのや。

きなこ餅は不思議に思うて、

「あんころ餅さん、あなたは、なんでそんなに早よう歩けるのや」

と、聞いてみたんやと。

すると、あずきのあんこをいっぱいつけたあんころ餅は、とくいになって、

「そりゃあ、あたしは、いつも歩き（あずき）つけて

るもの」

といったんや。

それからしばらくいくと、けわしい山道にさしかかったんや。

するとこんどは、あんころ餅がころんでばっかりいるのに、きなこ餅はいっこうに平気なのや。

あんころ餅がきなこ餅にわけをたずねると、

「わたしは、いつも気(黄)をつけているからやろな」

と答えたという話や。

原話者　加藤愛子
再話者　原口頌子

お茶子谷

むかしな。

観音寺山の麓に住む長者に、お茶子というてそれは美しい娘がおったそうな。

山が、麓からやんわりときみどり色に染めあがってくる頃やった。長者はお茶子を連れて、観音寺山へ若菜摘みに出かけたそうな。

観音寺山の、奥の院から滝の口までの山道を、ふたりは燃えるような若葉に染まって歩いたんや。

色白のふっくらした頬をぽっと赤らめ、夢中になって春の草を摘むお茶子。その紅い着物の袖や裾が、蝶のように華やかに舞うのを長者はほれぼれと見て思うたそうな。

「我が子ながら、何ちゅうきれいな娘や。今にきっと立派な婿が迎えにくるやろうて。楽しみなこっちゃ」となあ。

その晩のことやった。

「トン、トン、トン。」

お茶子の部屋の戸をたたくもんがいる。誰やろと思うて戸を開けると、そこには袴姿も凛々しい若殿が一人立っておったんや。そしてな、自分は観音寺城主、佐々木氏の一族で、今日観音寺山でそなたに出会い、忘れられなくて訪ねてきたというのや。

若殿の黒い大きな瞳にじっと見つめられて、お茶子は嬉しいような恥ずかしいような思いで、うつむいとったそうな。

それから毎夜、若殿は通うて来るようになったんや。

長者は、はじめのうちこそ立派な若殿様や、これでお茶子のゆく末も安泰じゃと喜んでおったんやが、そのうちにどうもお茶子のようすがおかしいのに気がついた。あんなに生き生きと元気やったのが、目に見えてやつれてきたやないか。そればかりやない。一日中部屋にとじこもって、なにやらもの思いしているようすや。

それに、身分も高いという若殿の、いかにお忍びとはいえお伴も無うて、いつも夜中にすっと見えるのもおかしな事や。ほんまに、お殿様のお身うちやろかと疑いを持った長者は、ひとりそっと占い師をたずねてみたんや。

長者の話を、目をつぶって聞いていた占い師は、やがてかっと目を見開くとこういうた。

「その者は人間やないぞ。観音寺山に住む大蛇ゃッ！」

長者は腰を抜かさんばかりに驚いたんや。

「何ということを！　よりにもよって大事な大事な一人娘が、大蛇に見いられようとは。お願いじゃ。どうかあの娘を助けて下され。この通りじゃ。」

涙を浮かべ手をあわせて頼む長者に、占い師は二枚のおふだと止め針を出していうた。

「このおふだは守りふだじゃ。一枚を娘に持たせ、もう一枚は娘の部屋の入り口に張るがよい。相手は部屋にははいれん筈じゃ。よしんば間違って戸をあけても、娘の体は持っているおふだが守ってくれよう。そしてこの針じゃ。これを気付かれぬよう、相手の着物に縫いつけさすのじゃ。」

長者はそれらを押しいただいて、転ぶようにして帰ってくると、お茶子の前にそれを置き、何度も何度もいい聞かせたのや。

「相手が大蛇では、おまえの命は幾つあっても足りはせん。ささ、おまえを守ってくれるこのおふだを、どうか離さず持っていておくれ。そしてこの針を、そっと相手の着物に縫いつけるのじゃ。わかったな。」

お茶子のやせた頬を涙が流れた。

「あんなに優しい人が大蛇やなんて、ああ、恐ろしいことや。どうぞこのまま、夜がこないでほしい……」

その夜がとうとうきたんや。

やがて、ひたひたと忍びやかな足音がしてきて部屋の前でぴたりと止まった。けど中へは入ってこなんだんや。あきらめて帰るのかと思っていると、

「お茶子、お茶子」

と戸の外で呼ぶやないか。その聞きなれた優しい声に、お茶子はたまらず戸を開けてしもうた。

んで、つい、

と、そこにはいつもの若殿の姿があったんや。優しげに見つめられれば、恐ろしさもけしと

「会いたかった……」

とつぶやいとった。

けど若殿は、淋しげにあおざめて、

「お別れじゃ」

とひとこと言うと、そのまま帰ろうとするんや。そのうしろ姿に、お茶子は何もかも忘れてしもうてただ、今、別れていこうとする若殿がうらめしく、思わずその背にすがりついてしもうた。その時、お茶子が手の中ににぎりしめていたあの針が、相手に突きささったんや。

そのとたんやった。

ぱっと一筋の光が走ったかとおもうと、あたりは真暗闇になったんや。ごうごうと地面がゆれ動き風が吹き出し、雨がたたきつけるように降ってきたんや。お茶子は恐ろしさに、気を失うてしもうた。

あらしは、一晩中続いたそうな。

よく朝の事や。やっとのことでおさまりかけた雨風の中を、一人の木こりがずぶぬれになって村へ駆けこんでくるとわめいたと。

「滝の口に、大蛇が死にかかっとるぞ！　首に剣が突きささって血だらけじゃあ。」

騒ぎに、お茶子の胸はふるえだしたんや。

「もしかしたら……あの針が……」

そして長者が止めるのをふりきって、雨の中へ飛び出していったんや。

観音寺山の奥の院から滝の口までの山道を、お茶子はすべったり転んだりしながら夢中で走ったんや。風をうけてふくらんだ袂から、守りふだがふきとんでいったのも気づかずにや。

どうどッと落ちる滝壺のあたりは、岩が砕かれ木々が倒され、山肌はえぐり取られとった。

そして、泡立ち流れる水が赤く染まっている渕に、腹を波うたせた大蛇が横たわっていたんや。

体中を傷だらけにして、水から地面にのり出したその首には、するどい剣が、がっきりと食いこんどった。

「おう！　おう！」

お茶子は駆け寄ると、力まかせにその剣を抜き取ったんや。

大蛇は、火のように熱い息をはき出すと、お茶子を見たんや。

それは、いつもの夜の若殿のやさしいやさしい目のようやった。

大蛇は、死んだ。その大蛇にすがりつくように白い手をまわして、お茶子も冷たくなっていたそうな。お茶子の長い黒髪が、大蛇の傷口をおおうように、水しぶきにぬれてかぶさっておったということっちゃ。

それからのち、お茶子の娘心をあわれんで、誰が言い出したんか、観音寺山の奥の院から滝の口までの谷を、「お茶子谷」と呼ぶようになったそうや。

原話者　村地辰次郎
再話者　廣部美法

あきれ返った話

それは、とおい昔のことや。

すごい力持ちの、仁王という男がおった。

身の丈、七尺もあったろうか、手も、足も、目も、人並はずれて大きかった。

その大きなまるい目を、かっとひらくと、いまにも目がとびだしそうで、はじめてみるものは、こわくて、ちかよることもできなんだが、気の良い、あいきょうものだったさけ、ちかくの村人たちは、

「仁王さん、仁王さん」

と、親しんでおった。

けど力持ちのほかは、さして自慢するものがなかったんで、ふっと、おもいついて、日本のあっち、こっちと、力くらべにでかけることにしたんや。

ところが、誰も、仁王にかなうものはなかったんや。

「もう、日本には、五分と五分の勝負をするもんは、おらんのかいなー」

と、ちからこぶのでる腕を、さすりながら、なげいとった。

ところが、ある日のこと、村の者が、

「中国に、アキレさんいうて、すごい力持ちが、いるそうやなあー」

と、はなしをしているのが、仁王の大きい耳に、はいってきたんや。

さあー、仁王は、じっとしておれんようになった。

アキレさんと、いっぺん力くらべをしてみたいとおもうたけど、遠い国のことや、おいそれというわけにもいかず、毎日、いらいらしてすごしていたんや。

けど、どないしてもあきらめることができへん。

やもたても、たまらんようになって、仁王は、はるばる海を渡って、アキレさんの家をたずねていったんやけど、この、アキレという人は、毎日、毎日、山に柴刈りに行っていてな、仁王が着いた時は、留守《るす》やった。

お嫁さんが、

「夕方には、主人も山からかえって来ますから、しばらくお待ち下さい」

と、いうて、大きな火鉢をかかえて上がり口に、持ってきたんや。

あんまり大きい火鉢なもんで、仁王はその火鉢を、持ち上げてみたんやが、ちょっとやそっとでは、持ち上がらん。

仁王はびっくりしてな、〈嫁はんでも、こんな力が強いんでは、主人のアキレさんは、どない強いかわからん〉と、心配になってきたんやが、〈まてよ、わざわざ日本から力くらべにきたんや、弱いもんではおもろうないわな〉と、おもいなおして待っていたんや。

夕方になって、山の方からザァーザァーという、ものすごい音が、きこえてきたんで、仁王は、

「あれは、なんの音ですかいな」

と、お嫁さんにたずねたら、

「主人が山から柴を持って、降りてくる音です。主人は私の何倍もの力持ちですから、大きな束の柴も、片手でひょいと、いくつもいくつも、いっときにおろすので、あのような音がするのです」

と、こたえたんや。

〈これはおそろしい、一分の勝ち目もないな〉

仁王は、真青《まっさお》になり、お嫁さんが、裏の方へ、主人の様子《ようす》を見に行ってる間《ま》に、一目散《いちもくさん》に逃げ出しよった。

そして、浜にたどりつくと、乗って来た舟にとびのって、力のかぎり、沖にこぎ出したんや。

さて、こちらアキレさんの家では、かえってきたアキレさんに、お嫁さんがいうた。

「今日、日本から、仁王さんという人が、おまえさまと、力くらべをしたいと、来られたが、もう少しまえに帰られました。」

「それはおしいことをした。日本の仁王さんのことは、わしもきいたことがある。うーんやっぱり、よびもどして力くらべをしてみたいわい。」

アキレさんは、浜の方にかけだした。

舟の中の仁王は、中国へ来る時は、力あまって、ブルン、ブルンとなっていた腕が、今ではおそろしさに、ブル、ブルふるえて、沖へ、沖へとこいでいるつもりが、いっこうに舟はすすまへん。

浜についたアキレさんは、

「おーい、仁王さん、仁王さーん、ひきかえして勝負、勝負」

と、でっかい声でさけんだ。

けど、かなわんとおもった仁王は、ますます、沖へとこいでいったんや。

それをみたアキレさん、いつも手に持っている、太いくさりを、舟めがけて、びゅーんと、投げたんやがな。するとな、くさりの先についているかぎが、舟のさきにひっかかったんで、アキレさんは、ぐーい、ぐーいと、ひっぱりはじめたんや。

仁王をのせた舟は、右に、左にゆれはじめ、大きな波が、ドボシャン、ドボシャンと、舟をたたいて、いまにもひっくり返りそうになったんや。いままで誰にも負けたことのない仁王も、こんどばかりはお手上げかと、おもうてな、

〈ああ、じぶんの力ではどうにもならん。どないしようか〉

このとき、「かんのんさんは、ありがたいお方や」と、村の人たちがいつもはなしていたのを思いだした。

「観音《かんのん》さん、おたのみします。お願いです。助けておくれやす。」

すると、ふしぎや天から金のヤスリが降ってきよった。

〈あっ、観音さんのお助けじゃ、これでくさりを切るんやな〉

仁王は、そのヤスリで一生懸命くさりを切ったんや。

それと知らないアキレさん、力一っぱいひっぱっていた太いくさりを、びしっと、切られたから、たまらんわい。

すかされて、浜の上に、ずってんどう——と、ひっくり返ってしもうた。

アキレさんは、太いくさりを切った仁王の力の強いのに、びっくりして、力くらべはあきらめてしもうた。

仁王は、観音さんのおかげで、無事日本に帰り着くことができたんやと。

それいらい、仁王は、助けてもろうたお礼にいつでも、観音さんの門番をしているといわれているのや。

その後、誰いうとなく、思いもかけん変わったことがあると、

「アキレ返ったはなしやないか」

と、いうようになったんやと。

原話者　高橋与惣吉
再話者　長谷部秀子

和尚さんと小僧

一

びわ湖の風がつめとう吹きつける頃になると、寺では、味噌仕込みが始まるんや。もちろん、村の人も手伝いに来て、寺はにぎやかになるんや。

小僧は朝早うから起きて、ごっつい《大きい》釜でぐつぐつ、ぐつぐつと、お豆さんを炊いていたんや。

あれは、昼時やったな。釜のそばを通りかかった和尚が、

「ほうー、ええ匂いや。うまそうに炊けてるわい……」

ちょっとつまみ食いをしようと、茶わんに豆をよそって、

「どれ……」

一口食べかけた時や、だれか人の来る気配で和尚はあわてて茶わんを持ったまま、そばの押し入れにかくれてしもうた。

そこへやって来たのは、利口な小僧や。ちょうど、ええ具合に豆が炊けているので、茶わんによそって一口食べたんや。

「うん、うまい！」

もう一口食べた時や、がやがやとにぎやかな村人の声がしたもんで、あわてた小僧も茶わんを持ったまま、押し入れを開けておどろいた。

中には空の茶わん片手に、和尚が小さくなっていたんや。

びっくりしている和尚に、小僧はすかさず、

「おっさん、盛りかえましょう！」

と、豆の入った自分の茶わんを差し出したちゅうこっちゃ。

原話者　加藤愛子
採集者　大塚真知子

二
むかしのこっちゃ。

ある村の寺に、田楽の好きな和尚と、働き者で、利口な小僧がおったんや。

夏のある日、蟬がジィジィと暑くるしく鳴く庭で、小僧は仰山《ぎょうさん》の薪《まき》を割っておったんや。流れる汗を手ではらいながら、薪の束を何束もこしらえていたんやな。と、そこへ和尚が出てきてな、

「小僧や、今日は長いこときばってくれたで、ひまやるさけに、一ぺんそのあたりを、ぐるっとまわって遊んでこい」

と、やさしく言うた。

小僧は、大よろこびで寺を飛び出したんやが、

「めったに遊べと言わんおっさん《（和尚さん）》が、めずらしいこっちゃ。こりゃ、なんかあるぞ……」

と思うて、ほんのちょっとだけ遊んで寺へ戻ると、和尚に分らんように、そっと窓からのぞいてみたんや。

すると、たすきをかけ、頭にはち巻きをしめた和尚が、せっせと田楽を作っているまっ最中や。

うまそうな匂いがプーンと漂うてきて、小僧はゴクンとつばを飲み込んだ。

「ははん、おっさんの大好きな田楽やな。よし、焼けた時分、寺へいんで《（帰って）》やろ。」

小僧はそうつぶやきながら、黒いこんにゃくにみそをたっぷりつけて、こつこつと焼く和尚をじっくりとながめていたんや。そしてな、十本の串にささった田楽がちょうど焼けたころに、

「おっさん、ただ今戻りました！」

元気よう小僧が帰ってきたもんで、和尚はギクッとして、

「おお、小僧。ええとこへ戻ってきた、今日はお前にほうびとして、田楽でも食わそうと思うて焼いてたとこじゃ、さあさ、上がれ……」

和尚は、自分一人で食えないくやしさを、口にも顔にも出さんと、愛想よう言うたもんで、小僧はちょっと気がぬけたんやが、すぐ〈何んかある〉と感じたとたん、

「あ、小僧。この田楽を食う前に、一ぺん、問答を掛け合ってから食おう」

ときた。そこで、小僧はすかさず、

「おっさん、先に掛け。」

「いや、小僧。お前が先じゃ。」

ほんなら……と、小僧は二本の指を出して、

「おっさん憎し（二串）！」

和尚は、あわてて、

「小僧を焼くし（八串）……」

と、言うてしもうた。

しめた！　と小僧は、さっと八串の田楽を取って、

「えへへ……おっさん、いただきまあーす！」

〈しもうた！〉と、和尚はくやしがって、心の中で叫んだがもう遅い。

問答に負けた和尚は、せっせと作った大好きな田楽が、たった二串しか食えなかったんや…

と。

三

原話者　岸本カツ
採集者　野部博子

寺の隣に、ばあさんと、親孝行な息子が住んでおった。

二人は猫が好きでな、一匹の白い猫を可愛がっていたんじゃ。

ところがこの猫、なん年もなん年も飼われておるうちに、それはそれは、大きな猫になったんや。

さて、その年の夏はことのほか暑うてな、ばあさんの体にはきつうこたえて寝ついてしもうた。

そのうち、いつしか猫の姿も見えんようになってしもうたんや。

ある日、仕事を終えて帰ってきた息子に、ばあさんが言うた。

「兄《あに》いよ、今夜は鰯《いわし》の入っためしにしてくれや。」

親思いの息子は、すぐに鰯を買うてきて、ばあさんの注文通りのめしを作ってやった。

どんぶりに盛られたそのめしを、ばあさんは大きな口を開けてパクパクと、うまそうに食った。久し振りに、仰山のめしを食うばあさんに息子はよろこんだもんや。

次の晩も、

「兄いよ、鰯のめしを……」

と言うんで、息子は快く作ってやった。

ばあさんは舌をベロリと出して、床の中から眺めていたが、鰯のめしが運ばれると、ガブリとパクついて、

「ああ、うまい！」

たちまち、どんぶりのめしを平げてしもうた。

ところがじゃ。次の晩も、またその次の晩も「鰯のめし」をねだるんで、息子は〈これは、ちとおかしい？〉と思うてな、どうしたもんかと、寺へ相談にいったんじゃ。

息子の話を聞いた和尚は、

「ほんなら知らん顔してな、じっとばあさんを見とってみい。もしも、ばあさんの耳がピクピク動いたら、猫かもしれんでよ」

と言うた。

息子は、ばあさんの耳を見ていたら、なるほどピクピク、ピクと動くんや。

「こりゃ、えらいこっちゃ。猫やがな！」

息子は、〈さて、どうしてやろう……〉と考えていたが、ばあさんは日頃ちっとも風呂に入らんのを思い出してな、

「ほや！　風呂に閉じ込めたろ」

と、風呂をたいたんじゃ。

「わしゃ、入らんぞ」

と言うばあさんを、息子は抱き上げて、

「風呂に入らんと体に悪いでよ。さあ入れ。」

いやがるばあさんを、むりやり風呂へ入れ、ふたをしてその上に大きな石をのせて、薪をどんどんくべたんや。

はじめのうちは、

「湯がぬるい。兄いよ、もっと燃やしてくれ、燃やしてくれや」

と、言うてたばあさんも、息子が薪をどんどん燃やすので、とうとう湯は熱うなって、

「ウァオ、ウァオー、オー」

と、えらい声を出し、バシャバシャと湯をゆするんじゃ。それで、息子はばあさんがかわいそうになって、風呂のふたを取ったんや。

すると――

熱い湯の中に、大きな白い猫が死んで、プカリと浮いておったんじゃ。

「やっぱり！　化け猫めッ。」

それからほんまのばあさんを、息子と和尚はあちこちさがしたんや。ふと、縁の下を見たら、そこには白く細い骨が散らばっていて、ばあさんが着ていた着物と湯呑みがあったんじゃと。

息子は、泣く泣くばあさんのお骨《こつ》を、寺へ手厚うとむろうたということじゃ。

原話者　岸本カツ
採集者　野部博子

化け地蔵

むかし、むかし。

山のふもとの、小さな村のお話や。

その村の人たちは、村のまん中にある地蔵堂へ、月に一回集まってな、お経をとなえてお地蔵さまを、おまつりしてたんや。

ある年の秋のことや。その日は、お天気がようて、村では、取り入れのまっ最中や。

「ことしは結構なこっちゃ。」

「ほんまに大豊作や。うれしいこっちゃなあ。」

村人たちは昼食をとりながら、話し合うていたんや。そして少し休んでから、

「どれ、もうひときばりや」

と、カマを手に、イネを刈り始めると、大粒の雨がパラパラと降り出しよった。

「いままであんなええ天気やったのに……。えらいこっちゃ」

「家の庭に干してあるモミがぬれてしまう。はよ。帰ろ」

と、言うて、帰るしたくをしたんや。

そうこうしている間にも、空には黒い雲が広がってきて、ザーッと滝のように雨が降ってきたんや。

大急ぎで帰ってみると、庭に広げていたムシロは、きれいに家のなかに、片づけられていたんや。

〈これはきっと、隣のバア様が片づけてくれたんやな〉と思うて、隣の家へ、お礼を言いに行ったんや。すると、

「うちの干したモミを片づけてくれたのは、おまえさんとこやろ、と思うて、これから礼に行くとこやったんや」

と、言うのや。

お互いに、不思議なこともあるもんやと、首をかしげておったって。

ちょうどそのころ、山での仕事をおわった二人のお百姓さんも、帰る途中で、大雨におおて、お堂で雨やどりをしてたんや。するとお堂のなかのお地蔵さまがぬれてるんや。

「おい、このお堂、雨もりするんやろか?」

「なんでや。そんなことあるか、この前、修理したばかりやないか」

「おかしいなあ」

と、二人は不思議に思いながら、村へ帰ってきてな、村の人たちに、きょうの出来事を言うたんやて。

「ははあーん。わかった。」

「なにがや。」

「お堂のお地蔵さま、びしょぬれやったわけや。それはきっと、お地蔵さまが、ネコの手もかりたいワシらのいそがしさを見かねて、お堂から出てきて、ムシロを片づけて下さったに違いないわ。」

「そんなことができるんやろか。」

「お地蔵さまは、ワシらにできんことが、できるわいな。仏さまやからな。」

それから、誰言うとなく、このお地蔵さまのことを、化け地蔵さまと呼んで、いままで以上に大切に、おまもりした、ということや。

原話者　苗村増吉
再話者　永谷晶子

かりがねの平左衛門

むかし、湖東の横溝に、平左衛門という腕のたしかな大工がいたんや。気さくで、ひとがええもんやさかえ、仕事の切れることはなかったんや。きれるどころか、あっちからこっちから、早よきてくれんかいとおこられるくらいやった。酒も飲まんし、バクチもせんし、女房以外のおなごに色目も使わんという、真面目いっぽうの平左衛門に、欠点はないのかというと、そやない。そんな平左衛門にもたったひとつ欠点があったのや。それはなにやというと、信心好きということや。けど、信心いうもんはわるいことやない。そやさかえ、女房もやめときなされとはよお言わなんだ。女房は言わんけど、くちのわるい友だちは平左衛門をつかまえていうたもんや。

「それほど信心してええことでもあるのか。お前の信心している田村神社が金蔵でも建ててくれるんか。」

平左衛門は笑うてるだけやった。ところが、くちのわるい連中がびっくりしたことがあるんじゃ。連れ立って伊勢参りしたときやった。女房の腹痛で遅れた平左衛門をおいて、さきにお伊勢さんに着いた連中、とうとう来んかったわい、と宇治橋のところまでくると、向こうからにこにこ笑うて平左衛門がやってくるやないか。おくれてきたのにさきに着いているんで、不思議に思うてきくと、まぁ、信心のおかげやなぁと笑うだけや。けど、このことから平左衛門を田村天狗というようになったんや。

それから何年か経った夏やった。えらい日照りがつづいて、どの田も稲が立ち枯れそうになって、百姓は気が気でなかったんやな。雨乞いをするんやが、雨は降らぬ。そこでみなは、

「そや。田村天狗の平左衛門にたのもう」

ということになって、平左衛門のところへたのみにきたのや。

「おれから田村神社の祭神さんにおねがいしてみよう。」

こころよく引き受けると、早速平左衛門は田村神社に参り、社前にぬかずくと、一生懸命おねがいしたもんや。するとのォ、祭神さんからこんなお告げがあったんじゃ。

「百羽の雁と引きかえに雨をふらそう。雁がなかったら、それにかわるものをさがせ。」

村人たちは夜が来ると空を見上げて、雁が渡ってくるのを待ったがな。けど、なんぼ待っても雁は渡ってこんのや。こんなことをしているうちに稲は枯れてしまう、と平左衛門は思い、「定入《じょう》り」いうて、生きたまま土の中へ埋められることに決心したんじゃ。

「そのうちに雁が飛んでくるさかえ、いましばらく待ってほしい」

と泣く女房を振りはろうて、平左衛門は白装束姿で鉦《かね》をたたきながら、合掌する村人たちの中を土中深く掘った穴の中へ入っていったのや。穴の中から聞こえていた鉦の音がやむと、それ

を待っていたように大粒の雨が降りだしてのォ、枯れそうになっていた稲がいっぺんにいきいきし、いままでにない豊作の年になったということじゃ。それから平左衛門のことを、かりがねの平左衛門というようになったという話じゃ。

原話者　加藤長治郎
再話者　中野隆夫

子育てゆうれい

愛知川に宿場《しゅくば》があったころの昔の話じゃ。

ある年の春のことやが、横なぐりの雨が降って、冬が舞い戻ってきたような寒い、まっ暗な夜。人影のたえた街道を、大きな腹をかかえたひとりの女が、風にあおられながらよろよろと宿場へ入ってきたんや。

女は一軒の旅籠《はたご》のまえで立ちどまると、トントン、トントンと戸をたたいて、

「もしッ。もしもし。あけてくださいまし……」

声がはげしい風雨にかき消されて、家の中まで届かないのか、なかなかあけにきてくれん。

「旅のものでございます。あけてくださいッ。おねがいでございます……」

あらんかぎりの声で叫び、必死に戸をたたきつづけた。

やっと旅籠のものが気づいて、戸をあけると、女はどっとその場に倒れてしもうた。

あくる日も、そのつぎの日もはげしい風雨はおさまらず、腹の大きな女も前夜からの熱は下がらず旅籠でうなされていたんじゃ。

女は美しゅうて、品があってのォ、絹の着物を着ていたもんやさけえ、番頭や女中は、きっと身分のある家のひとやろ、と、うわさしていたもんじゃ。

「きょうで三日になる。このままやと、腹の子がもたんかもしれん」

と旅籠の主人も心配して、ありあわせのせんじ薬などをのましていた。

それが効いたのか、女は眠りからさめ、主人を枕元によぶと、かぼそい声でこんな話をしたんじゃ。

「わたしは北国からきたもので、都におります夫のところへ参ります。都で赤ん坊を産むつもりでしたが、こんなからだでは、この先、もう旅はできませぬ。おねがいでございます、わたしが死んでも、お腹《なか》の赤ん坊だけはどうか助けてくださいまし……」

そういうと、ふところから白い巾着《きんちゃく》を取りだして、何枚かの小判を主人に手渡したんじゃ。

「ご安心なされ。どんなことがあっても、お腹の赤ん坊は助けてあげますで。」

旅籠の主人のやさしい言葉に、女は涙を流してよろこび、「たのみます」の一と言を残して、ロウソクの火が消えるように息を引き取った。じゃが、女が死んだのに、腹の赤ん坊は生きていて、もこもこ動いていてのォ、時折大きな腹が波打つんじゃ。「化物じゃ！」「おお、こわい！」と、みんなさわぎだしたもんやさけえ、

「夜の明けんうちに、墓へ埋めることにしようやないか」

ということになって、腹の赤ん坊とともに、女は川向うの墓へ埋められてしもうたんじゃ。

夜が明けると、きのうまでのあらしがぴたっとやんで、ええ日和じゃ。どの旅籠もどの店も

戸をあけはなって、活気を取り戻したが、腹の大きな女が泊った旅籠だけは、あいかわらず表戸を閉じたままじゃった。不思議に思って、近所の人が見に入ると、主人夫婦に番頭、女中、小間使いの女まで怪しい熱に、ウンウンうなされておったんじゃ。

そんなことがあって、いく日か過ぎてからやった。宿場はずれの菓子屋へ、夕暮れになって、きれいな絹の着物をまとった女がひとり、すーうとやってきてのォ、

「水アメをくださいまし。」

椀《わん》を差し出すんじゃ。

青白くやつれはてたその女は、どことのうさびしそうやった。菓子屋はいわれたとおり、水アメを椀に入れると、女はふところからまっ白な巾着を取りだして、カネを渡し、だまって帰っていった。

「見なれない女やな」

と、菓子屋はくびをかしげた。

けど、女は、つぎの日も、またつぎの日も、夕ぐれになると、どこからとものうやってきては、

「水アメを……」

と、椀に一杯の水アメを買うていくのやった。

雨の降る夕ぐれ、きょうは来んやろ、と菓子屋は表の通りをながめていたんじゃ。と――、女はやっぱりきた。カサもささんと、ぬれるにまかせてやってきた。

菓子屋は椀に水アメを入れると、

「ところで、あんさんは、なんでこう毎日水アメを買いにきなさるんだす？」

聞きにくいことを思いきってきいてみた。

すると女は、うつむいたまま、悲しそうに、

「はい。赤ん坊がお腹をすかせて、泣きますもんで。わたしのお乳は出ないものですから
……」

菓子屋は気の毒に思うて、カサを貸してやると、女はていねいに礼をいうて、夕闇のたなびくなかを川向こうのほうへ帰っていってしもうた。

そのあくる日のこと。菓子屋が川向こうの村に用事があって、急いでいると、どこからか赤ん坊の泣き声が聞こえてくるんじゃ。

おかしいなぁ、このあたりに家などないのに。捨て子やろか。菓子屋は立ち止まって耳をすました。

泣き声は、どうやら墓地のほうかららしい。そこで菓子屋は墓地のなかへ入っていったんじゃ。誰もおらん、しーんと静まりかえった墓地に、赤ん坊の泣き声だけが流れてる。菓子屋は、なおも泣き声のほうへいくと、ぴたりと泣き声はやんだ。すると、そこにまだ新しい土まんじゅうがあってのォ、見覚えのある椀と、女に貸したカサが置いてあったんじゃ。

「ひぇーッ！」

菓子屋は悲鳴をあげた。

そして、ころげるように店に帰ると、表戸を急いでしめ、ガクガクふるえだした。

その夜、ふとんを頭からかぶって寝ていると、枕もとに水アメを買いにくる女が現われて、

「まあ聞いてくだされ」

と、旅籠に泊まってからのことを話すのじゃった。

女は、約束を破られて、赤ん坊とともに埋められたことを嘆き、それからこういうた。

「赤ん坊は土の中で産まれました。わたしは一生懸命育ててきましたが、もうこれ以上は育てられませぬ。そこで、ご親切なお菓子屋さん、おねがいがございます。」

そして、ふところから白い巾着を取りだすと、菓子屋のまえにおき、

「これで、どうか、赤ん坊に水アメをやってくださいまし……」

「わ、わ、わかりました。」

青くなってふるえている菓子屋に、女はたのみましたよ、というて、すーうと消えてしもうた。

それからというもの、菓子屋は毎日かかさずに、女の墓へ水アメを持っていったのはもちろんやけど、花や線香まで供えてねんごろにとむろうたもんじゃ。この菓子屋はそれから繁盛して、何代も何代も栄えたそうじゃ。一方の旅籠のほうはじきにつぶれてのォ、家族がちりじりになったということっちゃ。

「ほな、しょうらいごんぼ、まめの鼻よごし。」（おしまい）

原話者　（故）辰巳千代
再話者　平城山美貴

力くらべ

むかし、むかし。

近江八幡の馬渕《まぶち》というところに、大勇《おおいさみ》というたいそうな力持ちがいたんや。

大勇は、牛の背中に米俵を二つくくりつけ、自分も背中に米俵を一つ、ひょいとかついで、船のり場に向かって牛をひいていったんやてェ。ほしてな、川ぺりまできたら、

「もう助や、ちょいと一服しようかい」

ゆうて、土手に腰をおろしてな、きせるを取り出して、ぷかりぷかりと煙草をすいはじめたんや。

そのうち、川っぷちで草をたべとった牛がな、背中の米俵の重味で、ずるずるとすべりよってな、と

うとう川の中へはまってしまいよったんや。

ばしゃんッ、ちゅう音に、大勇はびっくりして立上がると、すぐに、米俵をしょったまま、川の中へとび込んだんや。

「えい、やッ」

ゆうて、かけ声をかけると米俵ごと牛を両手で押し上げよった。そして、何ごともなかったように、「やっこらしょ」と、川からあがってきよった。

船のり場にいた人たちは、それをみて、なんちゅう力もちやろと、大勇のうわさでもちきりやった。そんなことがあってから、村中に大力の大勇のことが拡がってな、とうとう江戸まで伝わったんやと。

そのころ、江戸に赤鬼といわれる力もちで評判の角力取りがいてな。この話を聞いて、

「いっちょ、力だめしがしたいのォ」

ちゅうて、さっそく、八幡へ力くらべにきたんや。

この男は、めっぽう力が強うて、赤い顔した大男やったんで、人々は、本名を呼ばんで赤鬼ちゅうあだなで呼んでいたんやて。

さて、赤鬼がきたちゅう話が、近くの村々に拡がってな。赤鬼が勝つか、大勇が勝つか、って大へんなことやった。

いよいよ、力くらべの日がきたんや。

村の人たちは、それを見物しようと集まってきたんや。

大勇は、そんな騒ぎをよそに、

「途中まで迎えに行くぞ」

ちゅうて、家から大火鉢を持ち出してな。片手に、その大火鉢を、片手にきせるを持って赤鬼を迎えに行きよったんや。

二人が出合ったとき、大勇は、

「遠いところ、よう来てくれはった、疲れはったやろ、どうぞ一服しとくれやす」

ちゅうて、大火鉢ときせるを馬の上の赤鬼に差し出すと、

「それは、それは、ありがとさんでござんす」

ちゅうて、その大火鉢を片手に、長いきせるを右手に持つと、すぱすぱとうまそうに煙草を吸うたんやてェ。

赤鬼を乗せる馬は、大火鉢の重味で、ひざを、がくッとおって道にへたばってしまいよったんや。そんで、赤鬼は馬から降りると、馬をぐいとひっぱって立ちあがらせてな。

「いやぁ、この大火鉢を片手で持ってくるとは、うわさどおりの力もちや、こりゃぁ、恐れ入りましたわい」

「いや、あなたこそ、うわさにたがわん力もちや、ほとほと感心しましたぞォ」

ちゅうて、二人は大きな手をがっちりとにぎり合ったんやってェ、その音のなんと大きいこと。

二人は、その大火鉢を片手で、やりとりして、人々の大かつさいのうちに、なごやかに力くらべは終わったということや。

原話者　大黒捨松

むべの実

ずーうと、むかしのことや。円山というところに、働き者の夫婦が住んでいたんや。来る日も来る日も、朝は朝星いただいて、夜は夜星をいただいて、野良に出て働いておったんやと。

この夫婦は、もともと達者なほうやなかったんや。しょっちゅう風邪を引いたり、腹をこわしたりして、満足に仕事したことはなかったんや。

こんなからだをさげていてはご先祖さまにも申し訳ない、と二人は死ぬことを決心してな、ある日の朝はやく、急には死体が浮き上がりそうにない渕へ向こうて歩いていったんや。

病気がちのふたりは、いのちの大切さを人一倍よう知っていてな、思いやりが深うて、道の小草の一本や、足もとをはう蟻の一匹にまで心をかけていたもんや。

朝モヤのなかを渕まで辿り着くと、これが最後の見おさめかとばかり、あたりをくい入るようによお見、東の空も見たもんや。お日さんが山の端から、いままさに出ようとしているところやった。

着物の袖やふところに、重石《おもし》がわりの小石を詰め、手足をしばって、さあ、あとは飛び込む

だけや。ふたりは岸に立って渕を見おろし、

「おゆるしくだされ。」

誰にとものうそういうて手を合せ、飛び込もうとしたときやった。一羽の鳥がふたりの目の前をよぎり、かたわらの草むらに落ちたんや。

鳥は悲鳴をあげ、翼をばたつかしている。手足をしばっているヒモをほどいて、近寄っていって、よお見ると、鳥は怪我をして血を流しているんや。普通の人なら、こっちは死ぬ身や、鳥みたいなものにかまっていられるか、というところやが、この夫婦はちがう。

「おい。死ぬのは当分延期や。俺たちが死んだら、傷からみてこの鳥も死ぬ。そうなったら鳥が可哀相や。俺たちが死ぬのは、この鳥の傷が直って、げんきに飛び立ってからでもおそくはない」

と夫がいえば、

「ほんまに、そのとおりだす。そうしましょ」

と妻も言い、ふたりは鳥を小脇に抱えて、家へ帰ることにしたんや。

それから、夫婦で一生懸命介抱したおかげで、一と月もせんまに鳥の傷は直っていつ飛び立ってもええようになったんや。

そんな日のある朝や。夫婦が起きると、そこに鳥の姿はなかったんや。飛び立っていったんか。よかった、よかった。夫婦でよろこんでいると、表のほうでバタバタッという音と、キィーッ、キィーッという鳥の声がするんや。表へとび出て見ると、あの鳥がいたんや。

「戻ってきたんか」

と手を出すと、鳥はくちにくわえていた木の実を手のひらへぽとりと落とし、つぎに地面に飛び下りて、その木の実を蒔《ま》くようにというしぐさをするんや。

「わかった。わかった」

と、うなずいて見せると、安心したのか、ひと声キィーッと鳴いて、空の向こうへ飛び去っていってしもうたんや。

　鳥のねがいどおり木の実を蒔くと、芽が出て、あっというまに人の背丈ほどの木になり、果実がなったんや。夫婦はその果実をせっせと食べたんや。するとな、弱かったからだがうそのように丈夫になってな、なんぼでも働けるようになったんや。

「あのとき死なんでよかった。それにしても、あの鳥のおかげや。」

　夜、寝るとき、いつも夫婦でそういうのやった。

　ある年の五月の節句の日やった。この日に取った薬草はよお効くというので、男も女も着飾って薬草採《と》りに野に出たもんや。天智天皇もご一行とともに薬草採りにおいでになって、げんきに畑仕事している年老いた夫婦をお目にとめて、声をかけられたんや。

「長生きのひけつはなにか」

とな。すると爺はクワの手をとめて、

「天子さま。これでございます。鳥が運んできてくれてできた、このもも《（果実）》を食っているからでございます」

というて、紫色の果実を差し出したんや。

天智天皇はそれを受け取って、ひと口たべられると、とっても味がよかったんや。そこで、

「うむ、むべなるかな」

とおっしゃったんや。

それから、円山ではこの果実を、むべと呼ぶようになったという話や。

採集者　福井しづ子
再話者　犬井道子

嫁取り橋

むかしなァ、湖の東に住んでいた侍の娘が、遠い国へ嫁入りすることになったんやて。嫁さんの乗った駕籠《かご》をはさんだにぎやかな行列が、山越え野越え、ある村の沢へさしかかったんや。

そこは日吉の沢ゆうて、大きな木やら竹籔やらが気味悪いほど繁っていて、昼間でもうす暗い、じめっとした所やったんやて。

行列が、沢にかかっている、大きな石の橋を渡ろうとした時のことや、橋の上に、どこからともなう可愛い女の子があらわれて、大手をひろげて行列の前に立ちふさがったんやて。

「この橋を通ったらあかん。いま、竜神はんの、大事なあつまりの最中や、早よ戻らんと祟《たた》りがあるで！」

女の子は、行列に引き返せと、そらあ、けんめいにいうたが、行列の連中は聞きよらへん。

「なんやァ、竜神やてェ、そんなもんおるかいな、アホなこというな」

「嫁入りの行列に戻れやてェ、縁起でもない。かまんで、行こ行こ」

と、無理に橋の中ほどまで来たときや、今まで嫁さんを乗せてかついできた駕籠が、急にスーッと軽うなってしもうた。

「あれッ?」

お伴の侍がなかをのぞいてびっくりぎょうてんした。嫁さんの姿がどっこもあらへんのや。

「大変やー、嫁さんがおらん!」

「どこへ行った、どこやどこや!」

みんなは、すっかり慌てて、もしや駕籠からころげ落ちたんやないかと、その辺りを探したんやけど、どこにも見つからんのや。

その時ひと声、悲しい叫び声がしたんや。そしてな、いま通って来た橋の上に、嫁さんのしめていた帯がひと筋、長々と伸びていたんやて。そればかりやない、たった今まで、みんなと押問答していた女の子の姿も、かき消すように見えなくなっていたそうや。

ほしてな、もっとおとろしいことに、なんやら生《なま》ぬくとい風が、フワーッと吹いてきたかと思うたら、暗い沢の中から、ひと抱えもあるような大蛇の首が、ぬーッと出て、

「花嫁はもろうたぞ!」

と、みんなをにらみつけていうたんやて。

一同はさっきのいきおいはどこへやら、

「ヒェーッ。りゅ、りゅ、りゅうじんやー。」

「嫁さんが取られてしもた!」

「たたりやーッ。」

嫁入り道具もなにもあったもんやない。近くの竹藪へ、なにもかもほうり出して、命からがら逃げ帰ったということや。

土地の人達は、竜神の祟りをおそれ、そこに祠《ほこら》を建てて、日吉の沢に住む大蛇を神さんとしておまつりしたんやて。

それからというもの、日吉の沢の石橋は、「嫁取り橋」と呼ばれて、嫁入りの行列は、決して通ってはならんと言い伝えられてな、わざわざ遠回りして嫁に行ったんやと。

原話者　永井治右衛門
再話者　安井二三子

天狗になった忠兵衛さん

むかしのある村の話じゃ。その村と向き合った湖の上に、まんじゅうを浮かべたような山がぽっかり浮いていてのォ、村人たちは「浮き山」と呼んでいたんじゃ。

浮き山は湖の中の島やのうて、細い道が橋のように岸辺までついているもんやさけえ、村人たちは、そこを通って浮き山へ渡れたんや。

浮き山には竹林があって、村人たちはその竹を取ってきてはくらしのたしにしていたんじゃ。

ところが、岸から浮き山まで、だいぶん歩かんといけへんので、竹をかついで帰るとへとへとになってしもうて、しばらく休まんことには、つぎの仕事はできなんだ。

村人たちは浮き山をながめては、ことあるごとにいうたもんや。

「もうすこし村に近かったら楽やのになあ。」

この村に、忠兵衛さんという人がおってな、自分が死んだらどうしても極楽へ行きたいといつも考えていたんや。そこで、願い事をかなえてくれるという長命寺の観音様に、百日の願をかけておまいりをすることにしたんや。

たらいの舟に乗って村から長命寺へ、湖を毎日通い、さて、めでたい満願の日や、おまいりをすませて家へ帰ろうとたらい舟のところへくると、なんやしらんが体が浮きあがるような気分になったんや。

忠兵衛さんは湖に片足をふみ出してハッとしたんや。足が沈まんのや。もう片方の足もそろりとふみだして見ると、これも沈まん。忠兵衛さんは、水の上をらくらく歩いて家へ帰りついたんや。

その晩は、大よろこびによろこんで、

「わしに神通力がそなわったんや。ありがたい事や」

と、寝たもんや。

そのあけ方、忠兵衛さんはふと目をさましたんや。何やら背中が、むずがゆい。さわってみると不思議なことに、羽根が生えてるやないか。びっくりしてよう見ようと首をねじると、顔の真ン中がどうも重とうてならん。

忠兵衛さんはあわてて入り江に走って行き、水に自分の姿を映してあッと声をあげたんや。むりもないわい。忠兵衛さんは、顔も真赤な天狗になっていたからや。

「こんな姿では、村の人にあうことはできん。村を離れんといかん。」

忠兵衛さんの目から、ぽろぽろと涙がこぼれ落ちてな。村を離れるからには、みんなの願い事をかなえて行こう、そう思うたんやな。

忠兵衛さんは、涙をふりはらうと、かっと大きく目を見開いて、

「忠兵衛天狗、仕事のしはじめなりッ！」

と叫ぶと、ふーッ、ふーッと浮き山めがけて息を吹きつけたんや。するとな、浮き山は、ぐらッぐらッとゆれ動いて、忠兵衛天狗が吹きつける息につれてゆっくりと回りはじめたんや。忠兵衛天狗は、あちこち走りまわり、赤い顔をますます赤くして浮き山を動かした。そして山が、村の手前まで来た時、吹くのを止めたんや。浮き山は、初めからそこにあったように静まり返っとった。

それを見た忠兵衛天狗は汗をふくと、空高くかけあがり、村をふりかえりながら飛び去って行ったんや。

やがて村に一番どりが鳴きだし、早起きの村人が起き出して来て、目の前にある浮き山にびっくりしたんや。

「えらい事やぞー。浮き山がひと晩で動いて竹林が目の前や。」

その声に村の人たちはつぎつぎと起きだし、大さわぎになってしもうた。無理もないわい。

村の人たちが寄るとさわると話とった事が、ひと晩でそうなったんやもんな。

「浮き山が歩いてきよった。」

「こら、ええぐあいや。」

「ほんまや、ほんまや、竹を取りに行くのに大助かりや。」

「湖が荒れても仕事ができるわい。」

「それにしても不思議やのォ。こらきっと天狗のしわざかも知れん。」

「わしらが困っとるのを助けてくれたんや。」

村の人たちは、大よろこびによろこんで、ふと、忠兵衛さんがいないのに気がついた。そして、誰いうともなく天狗になったのは忠兵衛さんや、忠兵衛天狗のおかげや、ありがたい、ありがたいと、みんなでほこらをつくってまつったということや。

原話者　大黒捨松
再話者　奥川晴恵

犬上川の人柱

甘呂村《かんろ》の庄屋の娘、お丸は、夏の夕暮に咲く月見草の花がすきやった。とりわけ犬上川の堤に咲くのが、いちばんすきやった。この川は大雨が降ると、すぐにはんらんし、せっかく育ってきた稲や野菜、牛馬や住居までも押し流してしもうのやった。

そやのにお上は容赦するどころか、いつもとおなじようにきびしゅう年貢《ねんぐ》を取り立てるもんやさけえ、村人たちはたいそうなんぎしておったんやてェ。

その年も洪水の季節が近づいてきて、村人たちは野良仕事のあいまをみては、せっせと堤防普請《ふしん》に汗を流すのや。ちから仕事やさけえ腹が減ってしょうがない。白い米の飯が食いたいけど、ひえの飯しかなかった。みんなすき腹やったけどなんとかして洪水を防ぎたいものと、庄屋も村人たちのなかに混って土運びしたりしたもんやった。

そんな庄屋の耳に、「洪水は竜神さまのたたりじゃ、そやさけ、娘をひとり、いけにえにせにゃならん」という村人の話が入ったのや。庄屋は、その話を聞いたとたん、娘のお丸のことを思うた。お丸を人柱にしてほしい、と村人たちは願ってるかもしれんが、それはできん。お丸を人柱に出すくらいやったら、自分が人柱に立つ。庄屋はそう考えていたのや。それよりも、なにはさておいても丈夫な堤防を造ることや。それができて洪水がふせげたら、人柱の話もきえる。庄屋はこれしかないと思うような知恵をはたらかせて、村人たちを差し図したおかげで、どんな大雨でも大丈夫と思える頑丈な堤防ができたんや。

降りつづく梅雨の季節も無事に過ごせた。村人ひとりひとりの頭の中には、豊かに実った稲穂が波打つ黄金色の田が描かれていたもんや。村人たちの顔はいつにのう明るかったんやてェ。

お丸は夏の夕ぐれ、いつものように月見草の花を見に川堤へいって、二年まえの洪水でいのちを落した母のすがたをおもい浮かべては、

「おかあさん。どうか、この村を救うてください。おとうさんや村の人たちをたすけてくださ い」

と、祈るのやった。

村のほうから「お丸ゥ。お丸よォ」と呼びながらこっちへくる人影が、お丸の目に入った。ああ、また家のもんがさがしにきた。月見草の花の中で、死んだ母に話しかけていたお丸が、立ちあがったときや、西の空はるかに、ぽつんと黒雲のあるのを見たんや。

いやな雲やなァ、と思いながら、お丸は家へ帰っていったのやった。

家に帰っても気になった。あの黒雲が大雨をはこんでくるのやないやろか。頑丈な堤防はできてあるけど、安心はできなんだ。

それで、外へ出て空を見たりしたんや。

そのときは、まだ頭の上に星があったけど、西のほうにはもう星かげはなかったんや。お丸は気になって、その夜は眠れなんだ。あんのじょう、夜明けちかくから黒雲が空をおおい、風が吹き出し、大粒の雨も降ってきた。頑丈な堤防ができていても、みんな気が気でなかった。なんとかやんでほしい、と思っていたが、ときがたつにつれて風雨はますます強うなり、うなり声を立てて暴れまわる。もうじっとしてはおられず、村人たちは総出で、堤防へ向かって走っていったのや。

村中の男も女も堤防に集って、必死で水と闘うた。けど、水の勢いは強うて頑丈な堤防にひびが入り、それがだんだん大きゅうなってきて、いまにも切れそうや。土のうをつんでも、クイを打っても水の勢いに押されるのや。村人たちは、「もうあかん！」と観念した。そのときやった。お丸は風の音にまじって、母の声をきいたような気がしたんや。そこで、お丸は、

「竜神さま、お助けください、わたしが竜神さまのところへまいります。」

母のかたみのかんざしを頭にさし、そして、荒れ狂う川の中へと入っていってしもうた。

と、みるまに、雨も風もやみ、川の水はうそのように引いて、堤防も切れずにすんだのや。それから、この犬上川の堤防は、なんぼ雨が降っても切れることはのうなったんや。そしてな、今でも夏の夕暮れになると、お丸の好きやった月見草の花が咲くそうや。

原話者　内堀三太郎
再話者　藤沢澄子

うなぎの神通力

むかし。彦根の安清口《やすきよぐち》に御番所があってな、そこに、きれいな水の出る井戸があったんや。

それは、三、四尺の深さの、小さな井戸やったけど、みんなは「御番所の名泉」と呼んでいたんや。

井戸の水は、底の小石が一つ一つ数えられるほど透きとおっていてな、そこに、一匹の大きなうなぎが住んでおったんや。このうなぎ、いつも静かにゆうゆうと水底に横たわっておったそうや。

番所へ出入りする者たちは、このうなぎを、「井戸の主《ぬし》」と、大事にしていたんや。

ところがや――。

ある時、この番所へ新しく勤めに来たかば焼きの大好きな若い侍が、井戸のうなぎを見つけたもんやさけェ、早速、相番（同じ日の勤めの人）に言うたんや。

「今夜のええ酒のさかなを見つけたぞ。あれをかば焼きにしてやろう。」

先輩の相番は顔色を変えてな、

「いかん、いかんぞ！　あのうなぎは、ここの井戸の主だ。そんなことをしたらたたりがあるぞ」

と、あわてて止めたんやけど、血気盛んな若侍は、

「たたりやとォ、そんなばかな……」

と、笑い飛ばして、そんならおれ一人で食うてやろう、と考えたんや。
二、三日して、番所詰めの休みの日や。若侍は、夜になるのを待ってな、用意した布袋《ぬのぶくろ》を持つと、こっそりと番所へ出かけたがな。
井戸をのぞくと、うなぎはよう寝ておる。

若侍は、皆に知られないよう尻をまくって、そうっと井戸へ入っていったんや。井戸の水は冷とうて、膝の上まであった。

気持ちよう寝ていたうなぎは、突然の侵入者にびっくりして、せまい水の中をぬるぬると逃げ回ったもんや。

若侍は、一時間もの間、うなぎを追い回してな、やっとつかまえたんや。

「やれ、世話をやかせおって……」

と、うなぎを布袋に入れると、ニヤニヤと家に持ち帰ったんや。

「さて、今夜はもう遅いから、明日料理することにしよう。」

若侍はそう言いながら、水を張ったたらいにうなぎを放って、逃げないようにふたをのせてから、

「これでよし」

と、安心して寝たんや。

次の朝、若侍はたらいの中を見ると、うなぎはおらん。

「いまいましいやつめ、どこへ逃げおったか！」

侍はあちこちさがしまわったが、どこにもうなぎの姿はない。仕方なく番所勤めに出かけて、なに気のう井戸をのぞいて驚いたがな。

なんと、そこにはつかまえたはずのうなぎが、ゆうゆうと水底で昼寝をしておるやないか。

「うなぎのやつめッ、どこをどうして逃げおうせたか？」

若侍は不思議に思うたが、次の晩も、性こりものう、また、うなぎを捕えたんや。

今度は、もう逃げられんように、たらいのふたの上に重石をのせてな、

「これなら大丈夫じゃ。明日かば焼きにしてやる」

と、舌なめずりをしながら眠りについたんや。

翌朝目が覚めると、早速たらいの重石をそっと取りのぞいてみたら、また、うなぎはおらん。

「また、やられたわい……」

番所へかけつけて井戸をのぞくと、うなぎは、何事もなかったように、ゆうゆうと昼寝をしておったんや。

さすがの若侍も、これには青うなってしもうて、

「やっぱり、このうなぎには神通力があるんじゃ。恐ろしいうなぎじゃ。かば焼きにしなくて

よかった――」
と、胸をなでおろしたもんや。
うなぎはそれからも、まわりの人々から「井戸の主」として大切にされたんやてェ。
若侍は、それからのちは、かば焼きが大嫌いになったんやと。

原話者　宮田思洋
採集者　勝又千恵子

湖北

塩売りとキツネ

野山がすっかり色づいて、雲ひとつない秋晴れの日のことやった。

「どうれ、よい天気じゃ。久しぶりにはたけにでもいこうか。」

じいさんはくわをかついで、山のはたけに出かけたんや。

このじいさんのはたけは、旅の人々がよく通る中仙道のすぐそばにあったんや。

ひと仕事すませたじいさんが、

「どうれ、一ぷく」

と、キセルを出して、土手にこしをおろし、松並木の街道を見ると、どういうわけかその日は、旅人の姿はひとりも見えなんだ。

「はて。こんなええ天気やいうのに」

とふしぎにおもうていると、むこうから、天秤棒をかついだ塩売りが歩いてきたんや。ちょうど松並木の中ほどまでくると、きょろきょろとあたりを見まわして、ペコリと頭をさげ天秤棒をおろし、箱の中から塩をひとつかみすると、街道の松の根元へザーッとあけたんや。

「あれ。みょうなことしょうるな。なんかのまじないかいな。」

じいさんがふしぎにおもうてじっと見ていると、塩売りはまたもうひとつかみして、こんどは左の方の根元にザーッとあけたんや。右へザーッ、左へザーッと、こうたいごうたいにひとつかみずつ塩を松の根元にあけてるのや。みるみるうちに松の根元には塩の山ができあがったんや。

「おかしなことするやつや。この辺はキツネがよう人をだますけど、まさか昼のさなかから……」

じいさんはますますふしぎにおもうて、あたりを見まわすと、むこうの方にあるわらの山の上に、大きなキツネが、ピンとしっぽをたてて乗っておったんや。そして大きなしっぽを、右へペタン、左へペタンとふっておったんや。よう見るとキツネのしっぽが右へたおれると、塩売りは松の根元の右の方へ塩をザーッとあけ、しっぽが左へたおれると、左の方へ塩をザーッとあけているのや。

「さては、キツネめッ。」

たまりかねたじいさんは石をひろうて、力一ぱいキツネめがけて投げつけたんや。

「ギャー。」

石は見事にキツネにあたったんや。キツネはわら山をとびおり、いちもくさんに林の中へにげて行きよった。

塩売りは、自分の手から塩がこぼれているのを見て、びっくりぎょうてん。箱の中の大事な塩がからっぽになったことに、気がついたんや。

あわてた塩売りは、塩をあつめると、あたりを見まわしてばつの悪そうな顔をして、街道をそそくさと消えて行きよった。

「しょうがないキツネやな。またわるさしよって……」

とじいさんはひとりごとを言いながら、仕事にかかったんやと。

採集者　河内美代子
再話者　長谷川敬子

結《むすび》岩

とおい、とおーい昔——。

磯《いそ》という村に、がっしりした体格で心のやさしい若者がいてな、村の娘たちの人気者やった。娘たちは、寄るとさわるとその若者の話ばかりしていたもんや。

けんど、若者は娘たちの誰とも分けへだてなく付き合うてた。

若者は、毎日朝早うからみずうみへ漁に出ると、丈夫な腕にまかせて舟のろをこぎ、向こう岸のしらひげまで行くのや。それは浜の茶店でひと休みするためやった。

そこには、しらひげ小町と呼ばれるほど、ええ娘《こ》がおってな、その日も若者を愛想よく迎えたんや。

「おこしなされ。今日もぎょうさんとれたようですね。」

「ああ、生《い》きのええのや、大きなフナも一ぱいとれた……」

汗をぬぐいながら、若者は娘の差し出す冷たい茶をうまそうにぐいッと飲んだ。

二人はあれこれと話をするうちに、互いに心を寄せ合うようになってな、娘の両親も、

「あんなええ男は、このしらひげにもおらへん。嫁にもろうてくれれば、どんなにええことか……」

と思うていたもんや。

そんな矢先、若者の家から「ぜひ嫁さんに」と申し入れがあってな、二人は秋に式を挙《あ》げることになったんや。

この話は、またたく間に磯の村中に知れ渡った。

「しらひげから嫁さんが来るんやて。」

「よう、向こう岸まで行っとったが、道理でのォ……」

「なんでも、きれいな娘やそうな。」

ところがや、このうわさを聞いた村の娘たちがさわぎ出したんや。

「この頃うち等《ら》にあんまり近寄らへんと思うていたら、そんなことやったんか……」

「よそ者を嫁にするなんて……。うちはあの男をのろうてやるわッ」

と、こわいくらいに娘たちも殺気立ってな。若者が道で顔を合せても、プイと横を向いてしまうのや。

手のひらを返したような村娘たちの態度に、若者は苦笑しながらも、毎日せっせと漁に出ては、しらひげへ通うていた。

みずうみを渡る風がさわやかになり、イワシ雲の空には赤トンボがスィーと飛んでおった。

それを眺めながら、若者は「あと、何日したら……」と祝言の日を待ちに待っておった。あと三日で、恋しい人が嫁に来るという日、若者はいつものように漁に出ようと家を出た。そのとたんに、くらくらと激しい目まいがして倒れたんや。両親は驚いて、冷やすやら、医者を呼ぶやらの大さわぎで、あれこれとかいほうしたが、若者は高い熱にうなされるだけや。

町のええ医者にも来てもろうたけれど、

「このような病《やまい》は、今まで見たこともない」

と、首をかしげるばかりで手のつけようがない。いろんな薬草をせんじて飲ませてみたんやが、さっぱり効きめがない。

急を聞いたしらひげの茶店では、娘が気を失わんばかりにびっくりしてな。心配のあまり、しらひげ明神にお伺《うかが》いを立てたんや。すると、

――その病は、よそ者を嫁にするために、怒った村娘たちの、のろいじゃ――

というお告げが返ってきたんや。茶店の娘はまっ青になって、一日でげっそりとやせこけてしもうた。

娘の親も心配してな、

「これは、磯の娘たちののろいを消す以外に、方法はない……」

と、すぐに若者の家に使いを出したんやけんど、そののろいを解くまもなく若者は死んでしもうた。

すると、不思議にも、磯の浜辺に大きな茶色の岩が、一夜にしてできたんや。

「あれは、若者の化身にちがいない。」

「岩になって、たぶん娘を待っておるんじゃろ……」

村人たちは、そう話し合うた。

さて、きょうが嫁入りという日。

しらひげの娘は、若者の死を知って悲しみ、気も狂わんばかりに泣いた。そして涙がつき果てるまで泣いた末、花嫁衣裳を身にまとうて、

「あなたさま——わたしは、あなたのおそばへ行きます！」

ざんぶと、みずうみへとびこんだのや——。

すると、娘の姿は白い大きな岩となり、ズ、ズ、ズズーと、みずうみの東の方へ向かって動き出したんや。


磯の岸辺のあしが枯れて、ススキの綿毛が風に飛ぶころやった。

浜辺の茶色い岩のそばに、白い岩がぴったりと寄りそうていたんや。それは、まるで仲のえぇ夫婦《めおと》のように見えたんや。

そこで、磯の村人たちは、またささやき合うた。

「あれはな、若者と娘の岩やで」

「しらひげ明神が哀れんで、若者岩に嫁岩を連れて来なさったんじゃろ」

「ほうや、二人を岩にして結ばせてやったんや……」
とな。

原話者　田中敏郎
再話者　平城山美貴

寝物語の里

むかし。

近江（滋賀県）と美濃（岐阜県）との国境に小さな溝《みぞ》があってな。その両側に宿屋が並んでいたんや。

中仙道を行ったり来たりする旅人たちが、それぞれの宿に泊まってな、隣の宿に泊まっている人と大きな声で、寝ながら、お国じまんや世間話をしてたんやてェ。

美濃の人が、

「今晩は、わしの番や、おもろい話をしようかなも」

というて、話しだしたんや。

——むかし、あるときになも、江戸のほらふきが美濃のほらふきのところへ、ほらふきにござった。

ところが、美濃のほらふきが留守やので、子どもがでてきよった。

「父さんは。」

「父ちゃんはなも、こないだの地震で、富士山が傾いたんで直しに行っとりなさる。」

「じゃ、母さんはどこにいなさる。」

「母さんはなも、びわ湖の底がぬけたんで、金だらいを持って押えに行きんさった。」

子どもは、けろっとして答えよった。

そんで、江戸のほらふきは、その子を困らしてやろうと思うて、

「きのうの風で、奈良の大仏さんの鐘が、このあたりにとんできたはずやが、お前、知らんかい。」

子どもは、すました顔で、

「あッ、あれか。あれはなも、おらの家の裏の軒先のくもの巣に引っかかっとったヮ」

と答えよった。いやはや、子どもでも、こんなにほらふくのかと驚いて、逃げて帰りなさったということや。

美濃の人が話し終わって、

「どうじゃ、おもしろかろうがなも……」

というて、じまんすると、近江の人も負けんと、

「じゃ、わしの方は、こわい話をしたろ」

というて話しだしたんや。

——むかし、ある男が親せきの法事で、隣村まで行ったんやが、帰りがおそうなって、夜に

なってしもうた。

　さびしい夜道を、ひとりで森にさしかかったときや、風もないのに、木の葉がサラサラと足もとにまい落ちてくる。

　すると、子どもを抱いて髪を振り乱した女がやってきてな、

「わたしの髪がほどけて、かんざしが落ちて見あたらんのや、さがしてくだされ」

というて、そばに寄ってきよったんや。ふと、顔を見たら、目がひとつの女やった。

　男は、びっくりして、夢中で森を通り抜けようとしたら、ひとりのじいさんに出会うた。やれやれ助かったと、胸をなでおろして、

「そこで、こわーい化け物に会うた」

というて声をかけると、老人は、

「化物は、こんな顔かあ。」

　突き出した顔を見ると、その老人も、ひとつ目やったので、男は、とび上がるほど驚いて、森をぬけ、とんで家へ帰りよったんや。

　話を聞き終わった美濃の人は、

「おおこわ、化け物が出んうちに、早よ、ねよ」

というて寝床へもぐり込んだそうな。

いつも、こんなぐあいで、自分の国のじまん話や、商売しに行った町のうわさ話などしていたそうや。

それで、このあたりのことを寝物語の里というて、いまでも語りぐさになってるということや。

原話者　田中敏郎

白羅《しらら》が池

むかし、むかしのこと。

近江の国と、美濃の国の国境に、安八太夫というお金持ちが住んでいたんやて。

安八太夫には、二人の美しい娘がおったんや。

ある年のこと。この村に長い間、日照りが続いたんや。田んぼの稲も枯れはじめ、村人たちは、たいへん困ってしもうた。

そんなある日。品《ひん》のよい白髪の山伏《やまぶし》が、この里に来て、安八太夫に、

「あなたの上の娘さんを、私の嫁にくれたら雨を降らせてあげよう」

「それはまことにありがたい。娘と相談いたします」

と、返事をした安八太夫は、そのことをさっそく娘に話したんや。

娘は、心のやさしい子じゃったから、村の人たちのためを思うて、承知したんや。

「それはありがたい。もうすぐ雨を降らしましょう。それでは、三日あとに娘さんをもらいにいきます」

と、言うて、山伏は山へ帰って行ったんやてェ。

すると、不思議なこっちゃ。にわかに、大粒の雨が降り出してきたんや。

村人たちが、生き返ったように喜びあったのはいうまでもないわな。

それから三日目や。約束どおり、山伏はやってきよった。

「私は、はるか向こうに見える法華寺山の頂にある〝八相池〟に住んでいる竜神だ。もう千年以上もその池に住んでいる。昔は、仲間もたくさんいたが、人間をおどしたり、物を取ったりするので、みんな追い払い、今は私一人で住んでおる。もう三百年もなるが、さびしくて、さびしくてならん。これからは娘さんを大切にして、楽しく暮らそうと思う。娘さんに会いたいときには、いつでも池に来て、水面を三回たたいてくだされ。いまと同じ姿で会ってもらうから……」

と、言うが早いか、山伏は、花嫁姿の娘を連れて、山の方へと消えてしもうた。


それから幾十年か過ぎたある日の夕方のことや。

一人の山伏が、法華寺山のお寺に来て、和尚さんのお経を静かに聞いていたが、お経がおわると、

「私は、この山の上にある池に住んでおりまする竜神ですが、安八太夫からもらった嫁を五年前になくし、二度目の妻は気性が荒くて毎日争いごとが絶えません。もう私も年をとったので神通力をなくしてしまいました。これをしずめるのは、和尚さんのお力をおかりするよりしか

たありません」

と、頼んだんやて。

「それはそれは、お困りで。」

和尚さんは、日暮れの山道をのぼって、池のそばに行ったんや。

と、池の上では赤と青の大きな火の玉が、激しくあらそっていたんや。

これを見た和尚さんは、びっくりぎょうてんしてしもた。すると、山伏は、

「青い火の玉は、安八太夫の娘で、前の妻です。赤い方は、今の妻なのです。情ないことです。」

和尚さんは、静かにお経を読み始めたんや。お経が終わると、大きな声で、

「赤は早く消えうせろ。青は残れ」

と、言うと、不思議なこともあったもんや。赤玉は、すうーっと消えて、青玉だけが水面に残って静かに浮かんでおるのや。和尚さんは、青玉を手招き、再びお経を読み始めたんや。

山伏も両手をひろげ、空に向かって、何やら唱えたんや。すると青玉から、煙がたちのぼって、もとの美しい娘の姿になって、池から上がってきたんや。

「和尚さんのおかげで、この世に生きかえることができました。ありがとうございます」

と、山伏は和尚さんの前にひざまづいてな。

「このご恩は決して忘れません。私は一生お寺の守り神となりましょう」

と、言うて、藤のムチを授け、娘の手を取ると、美しい二匹の竜となって、池の底深く消えて

行ったんやてェ。

その時くれた藤のムチで、池の水面を、

「雨よ降れ、降れ、雨よ降れ」

と、三回たたくと、決まって雨が降るというこっちゃ。

そして、いつのころからか、この池を〝白羅が池〟と呼ぶようになったと言うことや。

原話者　田中敏郎
再話者　真鍋京子

夜泣き橋

むかしむかしのことやわな。なんでも堂山《どやま》に大きなお寺があった頃の話やそうな。寺男のじいさんが村はずれに一人でぽつんと住んどった。このじいさんはおあいそどころか、あいさつもようせんような無口な男やったが、なんせ働きもんで、蟻もようつぶさんようなやさしい人やったんや。

ところで、じいさんもよる年なみには勝てず、かぜをこじらして三、四日ねこんでしもた。なんせ一人暮らしのことや、水いっぱいくんでくれるもんもおらんでは、じいさんも心細かったやろ。

そんなじいさんの小屋へ、あるばんとつぜん一人の娘がたずねてきたんや。年の頃なら十五、六。かみの毛の長い、目の細い娘やったそうな。この子も無口な子やったらしいが、なかなかのかいしょもんで、さっそくじいさんの世話をはじめたんや。なんせ、ねこんでしもたじいさん、孫のようなかわいい娘が何くれと世話をしてくれる。うれしいありがたいと、おがむように思うとるうちに、五、六日はまたたくまにすぎて、どうにか、かゆものどを通るようになったんやそうな。

じいさんようやく気がついて、わけを聞いてみたが、娘はただ、もうしばらくおいてくださいというばかり。ところで、気がついてみると、一日中家の中にいて外へ出ん。そのくせ夜になると、しばらくどこかへ出かけていくのや。こんなかわいい娘がまさか夜遊びでもあるまいにと、じいさんだんだん心配になってきた。気をつけていると、夜ふけになると遠くで豆太鼓をうつような音がする。すると娘は急にそわそわして、ちょっとおまいりになどといって戸口を出ていく。とうとう、じいさん心配のあまり、娘を枕もとに呼んでといつめた。しかし、娘は、

「どうかそれだけは聞かないでくだされ……」

と、涙を流すばかりや。どうしようもないじいさんは、

「そうかそうか、わかった。どうかいつまでも家にいてくれ。約束はどんなことがあっても守るわいな」

と娘に誓ったそうな。やがて、十日たち二十日たち、じいさんはもとのように元気になって、割木の一つも割れるようになった。気がついてみるとこれはまたどういうことか、米もみそも

すこしもへっとらん。そういえば娘が飯を食っとる様子をみたこともない。さてはあの娘、しおらしそうな面《つら》みせとるが、毎晩出かけて寺のくりからでもくすねて来とったのかと、うたがいはじめたからどうにもならん。こん夜こそは正体あばいてやろと、まちあぐねていたんや。

その晩、早うから寝床に入って眠ったふりをして待っていると、はたして娘が消えるように戸口を出ていった。木立の間を音のせんように娘のあとを追うが、娘の足の速いこと。土橋のところで娘の姿がふうときえた。と一匹の狐が堂山にむかっていっさんにかけて登った。じいさん、おどろいたのおどろかないの、腰をぬかさんばかり。ほうほうのていで家にかけもどると戸をぴしゃりとしめ、太いかんぬきをした。

「さては今まで狐にたぶらかされていたのか」

と思うと身の毛もよだつ思いや。

やがて、とんとんと表戸をたたく音がした。じいさんは、娘を迎えいれたいと思う一方、狐にたぶらかされたとあっては、いずれ命をおとすことになるかもしれんと、戸をしっかりおさえて息をひそめる。

「かなしゅうございますが、おわかれしなければなりません。せめてひとめなりとも……」

とかぼそい声に、じいさん、いてもたってもいられず、おさえた戸を引きあけて表へとび出したんや。しかしもはや娘のすがたはなく、じいさんの目にうつったものは、土橋の方へ走り去ったかげばかり。

ああ、わしが悪かった許してくれ、お前との約束を破ったばっかりにと、よろよろと足も思うように運ばない。ようやく土橋までたどりつくと、ぺったりとすわりこんで悲嘆の涙にくれた。ふと、気がつくと、どこからか聞こえる豆太鼓の音、とうとうあけ方までじいさんはそこをうごかなんだそうな。

かなしげな豆太鼓の音は、それから毎夜のように聞えてくる。やがてその話を伝えきいた村人たちは、この土橋を「夜なき橋」とよんだ。じいさんは娘のためにと、おじぞうさんをまつったんやそうな。それがあの堂山の山すそにある「夜泣き地蔵」やわな。

原話者　福永円澄

名前を流した坊さん

むかし。

あるところに、親からもろうた自分の名前まで忘れてしまうほど、忘れんぼうの坊さんがおったんじゃ。それで、まわりの人々は「忘れん坊さん」と呼んでおった。

あるとき、忘れん坊さんのいる寺へ、修業の途中だという、ひとりの旅の僧がやってきたんじゃ。そこで住職は、これさいわいとばかり、その旅の僧にたのんだんじゃ。

「忘れん坊の、ものわすれをなおすために、いっしょに連れて行ってもらえまいか。」

こうして、忘れん坊さんは、旅の修業僧とともに、比叡山《ひえいざん》へ行くことになったんじゃ。

それから三年、忘れん坊さんは比叡山で、苦しい修業を懸命につづけたかいがあって、ある日、偉い坊さんに、

「お前は三年間、よくぞ、修業僧としての勤めをはたしてきた。もう一人前の坊主じゃ」

といわれた。

忘れん坊さんはうれしかった。

「それでじゃ。お前は、自分の名前も忘れて分らぬという。それでは困るだろうから、名をつけて進ぜよう。名が不詳ということじゃから、不詳坊《ふしょうぼう》じゃ。」

「えッ？」

「それにお前ほど、希代《きだい》な者もめずらしいから、もう一つ、希代坊《きだい》。この二つの名前をやる。一つくらい忘れてもだいじょうぶじゃ。よって、これより国へ帰り、勤めに励むがよろしい。」

こうして、忘れん坊さんは「不詳坊」と「希代坊」という、二つの名前をもろうて山を下りた。

この忘れん坊さん、自分の名前は比叡山の偉い坊さまよりもろうた名前やから、忘れては大恥とばかり、くちのなかで「不詳坊、希代坊」と、お経のように唱《とな》えながら、大津をぬけ、草津に着いたんじゃ。

草津での、姥《うば》ヶ餅で腹ごしらえしているうちに、だんだん名前を忘れそうになってきたんじゃ。

忘れては大変と、

「そうじゃ、いまのうちに書きつけておこう」

とばかり、衣の両袖へ、大きな字で「不詳坊」「希代坊」と書きつけた。

「うむ。これでよし。」

忘れん坊さん、うなずくと、立ち上がり、街道へ出たんや。

大きな字で名前を書いた袖をひらひらさせて行くので、道行く人はみな笑う。それでも平気で、彦根の城下も過ぎて、伊吹山の麓の村までやってきた。

そこに阿瀬《あぜ》川という川が流れていたんじゃが、いたって上機嫌の忘れん坊さん、橋はなくても平気で、じゃぶじゃぶと袖をぬらしながら川を渡っていったのや。

岸へ上がって、ふと袖を見ると、なんと、書きつけておいた名前が消えているやないか。

「えらいこっちゃ、名前がない。川を渡るとき流してしもうた！」

あわてて川の中へ引き返し、血まなこになって川底をさがした。けど見つからん。そこへ村の役人たちがきて、

「そこの坊さま。なにを探していなさる？」

と聞いたもんで、忘れん坊さんは、衣の両袖を上げて示しながら、

「ここに書きつけておいたわしの名前を、川の底へ落してしもうて……」

村の役人たちは、顔を見合せてぽかーんとしていたが、やがて、

「へえ！　不詳なことをしよるのォ」

「こりゃまた希代な」

と、腹を抱えて笑いころげた。

けど、それを聞いて忘れん坊さんは、こおどりしてよろこんだ。

「おお、それ、それじゃ。それじゃよ。わしの名前は不詳坊に希代坊じゃったよ。」

やっと自分の名前を思いだした忘れん坊さん。水しぶきを上げて川からあがってくると、村役人たちに手を合わせ、こんど忘れたら大変とばかりに、すたこら国へ向かって帰っていった

ということじゃ。

古典芸能より
再話者　平城山美貴

蚊に仇討

いまでも、田舎では、むかしの人の名前のついた田んぼや畑が、あちこちに残っているもんや。小二郎畑もそのひとつや。広い田んぼのなかの、ネコのヒタイのような、ちいさな畑が、小二郎畑として残っているのは、ここに、小屋を建てて住んでいた小二郎という男が、あまりにも変わった男やったからや。

どんなふうに変わってるかというと、夏の暑いさかり、みんな裸でいるのに、小二郎は真冬に着る綿入れの着物を着るし、みんな綿入れの着物を着ている冬に、真っ裸でいるんや。

「小二郎よ。寒うないのか」

と村人がいうと、

「お日さんが、からだに直接《じか》にあたるさけえ、ちょっとも寒うない」

と胸を張るんや。

夏は夏で、村人が、

「小二郎よ、綿入れ着て暑うないのか」

と聞くと、

「お日さんが、からだにじかにあたらんさけえ、涼しいもんや。おまえらも、おれを見習うたらどうや。」

肩をいからせて、平気の平左や。

変わり者の小二郎のすることや、そんなはずはないと思うものの、ひょっとしたらわからんな、と、小二郎の言葉にのり、真夏に綿入れ着て、ぎょうさんアセモを出して困った男もいるし、冬の寒いさなかに、裸になって風邪を引き、危く死にかかった者もいる。

そうかと思うと、みんながはたらいているときにあそんだり、あそんでいるときにはたらいたり、とにかく、ふつうの人間の物差しで、はかれんところがあったんや。

そればかりやない、短気なところもあってな、めったに怒らんのやが、怒ったらどえらいことをしでかすんや。

そんな小二郎にも苦手《にがて》があってな。夏の蚊《か》や。なにしろ、蚊帳《かや》が買えんくらしやさけえ、春がすぎて、耳もとでぶーんと蚊の鳴き声がするようになると、ああ、また蚊が出てきよったと、うんざりするのや。

小二郎はな、蚊を追いだすために、日が暮れて、小屋の中にわんさと蚊が入ってくると、ひもろや松葉をくすべるんや。すると蚊は小屋の外へ出ていってしまう。そのすきに、がたびしの戸をしめて、ねることにしてるんやが、きっちりとした家やのうて、田んぼの中の小屋や。ひもろや松葉のけむりが消えてしまうと、それを待ちかねていたように、蚊どもが、あっちのすきま、こっちのすきまから押し寄せてきて、ねている小二郎を刺すのや。

　夏になると、毎年毎年そんな状態やさけえ、小二郎も頭にきてたんやな。ある年の夏の夜、ぽかーんと口をあけてねていると、その口の中まで蚊がはいって、ところかまわず刺しよった。たのしい夢を見ていたのに、口の中がかゆくなってきて、目がさめた。目がさめると、さぁ、口の中がかゆくてかゆくて、どうにもならん。かくこともできず、気が狂いそうになり、めったに怒らん小二郎やが、このときばかりはカンシャク玉を爆発させた。

「よおーし、蚊ども、みな殺しにしてやる！」

　小二郎は、小屋の中へ火をつけると、西の方にある山の上へ登った。山の上からは小屋がよう見える。見ているうちに、パッと火の手があがった。すると小二郎は手をたたいて、

「これで、永年、苦しめられてきた蚊どもに、仇討できたわい」

と、よろこんだという話や。

原話者　北野源治
採集者　廣部美法
再話者　中野隆夫

狐《けつね》地蔵

大原野《おはらのお》いうたら、とてつもない広さでな、木がいっぱい繁っとったもんや。長浜へ行くのに、遠回りやと一里はちがうさかいな、気色《けしょく》わるても野《のお》の道を通ったもんや。道いうても細い道でな、日暮れになったらだーれも通らなんだもんや。茂作じいが長浜からのもどり、石田で一ぱいひっかけて、観音坂の峠越えで帰ってござった。いっぱいひっかけとるで平気なもんや。こわいともおもわずに大原野を通りよった。なんぼ歩いても通りぬけることができん。東の空があこなるまで歩いていたんや。そのうち、おいねとった《（背負っていた）》みやげも何もどっかへふりまいてな、わかれ道んとこでふんどしいっちょで大の字になってねとったんやと。

　ふと目がさめると、野のまん中にじぞさんがござったわいな。そのへんに狐《けつね》がよー出よるいうことを思い出してな。

「あのど狐《けつね》め、なんとしてもいわしたる《(やっつけてやる)》。」

　なんせ茂作じいのこっちゃ。子どものときからどろさく大将《(ガキ大将)》で、力もちゃ。みんながよるとさわるとおだてよるさかい、どうにもならん。

「狐《けつね》のことならわしにまかさんせ。こんど、見つけたら、ひどいめにあわしたる。みんなで狐汁《けつねじる》や」

と、いきおいはええけど、狐《けつね》もかしこいとみえて、茂作じいにはちょっかいを出しよらなんだらしい。

　それがや、でんちこ《(そでなし)》もいらん、ぽかぽかとぬくい日、山仕事に行った茂作じいが、古狐をみつけたんや。それも狐《けつね》地蔵の前でや。いかい《(大きい)》狐《けつね》が地蔵さんの前にねとったんやと。

「おのれ、めっけたが百年目、ようもようも今まで人をだましくさったな。」

　山ん中でバイタ《(棒切れ)》拾ってくると、思いきり狐《けつね》のあたまめがけて、なぐりつけよった。

　ところがどうや、狐《けつね》がおらん。手《てえ》がしびれるほどこたえたのに、狐《けつね》がおらんのや。あたりをさがしてみても、すがたかたちもない。ふしぎなこともあるもんや、たしかに、狐《けつね》がおったのにちがいない。ふと気がつくと、こらどういうこっちゃ、地蔵さんの肩が欠けてしもたる。

「あーえらいこっちゃ、えらいことしてしもた」

と茂作じいは、じべたに手《てえ》ついて、平あやまりにあやまった。
それからその狐《けつね》をなんども見かけたんやけど、もう人をだますことはせんと、かえって、人だすけをしたということや。そして最後はな、地蔵さんのまえで死んどったそうや。わるいことをした狐《けつね》やけど、こころいれかえて、ええこともしたんで、村の人たちは、地蔵さんのそばへ埋めてやったということや。

原話者　福永円澄

しのとホタル

秋のとりいれも、まだ終わってないのに、雪が降りだしてな、それが三日もつづいたんや。

雪のはげしい夕まぐれのことや、野小屋に出かけた村長《むらおさ》の娘しのが、暗くならんうちにと、帰りの道を急いでいると、道の真ン中に旅の僧が倒れていたんや。

覗き込んで様子をうかがうと、いのちがある。

「けど、このままでは死んでしまう。」

しのは、ちからをふりしぼって、雪の中を野小屋まで僧を運んで、ぬれたくびすじや手足など着物の袖で拭いてやり、藁やムシロで包み込むようにして家へ帰ってきたんや。

その夜は、気になって眠れなんだ。死んでしもうたんやなかろうか、とか、他所者《よそもん》を村へ入れてはならぬという掟のことなど考えてなぁ――。

しのは、おさないころに母を失い、重い病気《やまい》にもかかって、それがもとで口がきけんという、不幸な娘やった。

家事のいっさいをきりもりしているしのは、朝になると、竹籠の中に食い物をかくし、

「ちょっと野小屋へいってくる。」

家の者に手真似でいうて、野小屋へ向こうた。

胸をどきどきさせて野小屋にはいると、僧は目をあけてしのを見たんや。

「ああ、生きていた！」

しのはうれしゅうなって、竹籠の中から食い物を出し、自分は言葉を話すことができん、と手真似して見せて、僧に、きのうからのことをおしえたんや。僧はよろこんで、しのに向かって、なんどもなんども手を合せたもんや。

村長《むらおさ》は、しのの様子がおかしいので、そっとあとをつけて見て、びっくりした。けど、しのがふびんで知らん顔してたんや。

さて、毎年雪のとけるころになると、山賊の群れが村を襲うて、とりいれた穀物はもちろん、ときにはおんな、こどもまでさらっていくのや。しのは旅の僧がなかなか元気にならんので、そんな話などしたかったんやけどいかんせん、口がきけんさけえ、村長ののこしている日記を持ってきて見せたりしたもんや。

あたらしい年が明けて、春になり、雪がとけはじめたある日の夕ぐれやった。荒くれ男が三、四人、ひとりの女をかついでこっちへ走ってくるやないか。野小屋の中からこれを見ていた僧は、

「あっ、しのさんや！」

僧は野小屋をとびだすと、男たちの前に立ちはだかり、抵抗するのを打ちのめして捕え、し

のをたすけたんや。

村人たちに引き渡された荒くれ男たちは、山賊の一味であることがわかり、二、三日あとにほんものの襲来があると、彼らの口からわかったんや。

「山賊を退治する方法があればおしえて下さらんか。」

村長は僧にたのんだのや。すると僧は、わたしのいう通りにせよ、と村人らに落し穴《あな》を掘ることなど、山賊を退治する作戦をいろいろ教えたんや。それがもののみごとに成功して、山賊を退治することができ、村人たちは大よろこびや。

あくる日、僧は旅立っていったんや。しのは、あまりのさびしさに野小屋にきてみると、いつのまに彫ったんか、一体の木彫りの観音像が置いてあるのや。しのは、それを持って帰ると、朝夕拝んで、去っていった僧をしのんだもんや。

それから十年以上も経って、いまは尼僧になって、旅の僧ののこしていった観音像につかえるしのは、夏のはじめのある夜、隣村からの帰り、一匹のホタルを見たんや。

しのの前から、離れようとせんホタルについていくと、川原に出てしもうた。そこにはいっぱいのホタルがいてホタルの火柱が立っているんや。そして、その中に、忘れたことのない旅の僧が立っているんや。

「お坊さま!」

しのは手を前に突きだし、僧に駆け寄っていったんや。が、いつのまにか僧の姿は消えて、ホタルの火の中やった。しのはそこで気を失うた。

気がついたのはあくる朝やった。

「よかった。気がもどった。」

野良仕事に出てきた村人のひとりがそばに立っていたんや。

「わたしは気を失うていたんですか。」

しのが、ものが言えたんや。いままで言えなんだものが言えたんや。

「村長《むらおさ》に知らさにゃ。」

村人は村へ向って駆けだしていってしもうた。

しのは、夢でも見ているように、あたりを見まわしたんや。すると、そこいら一面にホタルの死骸が散らばっているやないか。

その旅の僧は源平合戦に奮戦した源氏の勇将で、わけがあって出家した西山法師やったということや。

原話者　福永円澄
再話者　中野隆夫

乳地蔵

それはもう秋のおわりのころやった。村人たちは、冬仕度をととのえ、いつ雪になってもかまわないようにして、いち日いち日をおくっていた。ある日のことや。乳飲み子を抱いた一人の、みすぼらしい旅の女が、疲れた足をひきずるようにして村に入ってきたのや。どんなむごいことがあったのかは、わからんけど、やっとの思いで、都から落ちのびてきたそうや。

つるべおとしの秋の日は、あったというまに暮れてしまう。とくに、ここは都から離れた、山にかこまれた山里や、いつのまにか闇が深くなってしもうたし、冷えてもきた。女は、こんな夜はこの村で宿を取るしかない、と思うて、旅宿をさがしたが、めったに旅人も通らんへんぴなところや、そんなもの、あるはずはない。

「こまったことになってしもうた。あとひとつ山を越えれば、なんとかなると思うてやってきたのに、行き暮れてしもうた。旅宿がないとすれば、おねがいして民家に泊めてもらうしかない。」

女は、自分ひとりなら野宿でもできるが、この子がいる以上は――と、道に沿うた一軒一軒

の戸口に立って、

「この子のためにも、ひと晩泊めていただけないでしょうか。」

頭を下げ、たのんだのやが、どの家も、見も知らぬ女を泊めてやるとはいわなんだ。

泊めてもらえぬのなら、このまま歩くしかない、と女はかんがえ、鼻をつままれてもわからないくらい、深い闇のなかを猫居峠《ねこおりとおげ》へ向って登っていったんや。

峠の山道は落ち葉で、うもれてしまっていて、歩きにくく、足はなかなかすすまんかった。そのうちに、まわりの草木がざわざわ音を立てはじめたと思うと、つめたいものが頬や、くびすじにかかりはじめたんや。

「雪あらしになりませんように。」

女は祈るおもいやったが、そのおもいとは反対に、風と雪はますます強うなって、とうとう雪あらしになってしもうたんや。それでも女は乳飲み子を、胸につつみこむようにして、峠道をなおも登っていったんや。

雪あらしは、あくる日も、そのつぎの日も吹き荒れ、すっかりおさまって青空がのぞいたのは五日目の朝やった。

その朝、山の向こうの親戚へいったまま、雪あらしで帰れなかった若者が、猫居峠まで帰ってくると、お地蔵さんのまえで、ひとりの女が、行きだおれているのや。若者はな、びっくりして峠を駆けおり、このことを村人たちにしらせたんやな。

「そういえば、五日まえの夜、一夜の宿を、と、たのみにきた女があったな。あの女かもしれん。もしそうなら、わるいことをした。」

村人たちは、こころにやましさがあるもんやから、あの女にまちがいないかどうか、猫居峠へ見にいったのや。

やっぱりあの女やった。乳飲み子がいたから、ひと目でわかったんや。

女は半分以上雪にうもれて死んでいるのに、なんと乳飲み子はげんきで、村人たちを見ると、にっこり笑うのや。

「母親が死んで、乳もないのに生きているやなんて、ふしぎやないか。」

村人たちはくちぐちにそういいながら、くびをかしげていると、村人のひとりが、

「あれを見てみィ。あれを……」

と、お地蔵さんを指差すんや。

みんなお地蔵さんに目を向けると、お地蔵さんの胸のところがぬれているやないか。

「そうか。お地蔵さんが、ふびんに思うて乳をやっていなさったんか。」

それから、そのお地蔵さんのことを、誰いうとなく乳地蔵と呼ぶようになったそうや。

原話者　福永円澄

袈裟《けさ》掛《が》け岩

大昔のことや。ある晩、ひとりの若者が峠の道を急いでいると、

「もしもし、そこのおかた……」

呼び止める女の声がするんや。若者が振り返って見たが、誰もおらん。空耳かな、と思うて歩きかけると、また呼ぶのや。

「おれを呼ぶのは誰や！」

若者はふたたび立ち止って、あたりを見まわすと、道のそばの大きな岩かげに若い娘がひとりぽつんと立っているやないか。

星の明りでよお見ると、面長な顔に切れ長の目、鼻すじのとおった、きれいな娘じゃった。その娘が、花模様の美しい着物の袖をひるがえして、おいでおいで、と手招きするんや。

若者は、いままで見たこともない、美しい娘に心奪われ、ふらふらとそのあとへついていったんや。暗い細道を行くと、立派なお屋敷の前へ出たんや。山の中に、こんなお屋敷があるとはしらなんだ、と驚いている若者に向かって、

「さあ、どうぞお入り下され。」

若者は広いお屋敷の中の、いちばん奥まった部屋へ案内されたんや。

娘はちょっと待ってくれいうて、部屋から出ていってしもうた。ひとり取り残された若者は、時間がたつにつれて、しだいに心細うなってきて、あの娘、いったいどこへいったんやろ、と部屋のなかで立ったり坐ったりしていると、とつぜん、ぽーうとにぶい光が射してきたんやな。

なんやしらんが気色の悪いところへ来てしもたもんや。そない思うてると、急に部屋のなかが眩しいくらいに明るうなって、目のまえのふすまが、すーうと開いた。

「どうも、お待たせいたしました。」

ご馳走を盆にのせた娘が、うつむいて入ってきたんや。若者はハッとして、きちんと坐り直すと、娘は、

「召し上がる前に、腰でももんで差し上げましょう。長らくお待たせさせたおわびに」

と、遠慮する若者をむりに横にすると、しこしこと腰をもみはじめたのや。若者はだんだんええ気持ちになってきた。けど、目の前の盆の上にのってるご馳走を、早よ食べとうて、

「おおきに。もう結構です。」

首をひょいと娘のほう向けたのや。とたんに、「ギャーッ！」と、悲鳴をあげて、その場にのびてしもうた。それもそのはず、あの、かわいい娘のおちょぼ口が耳のあたりまで裂け、長いまっかな舌をぺろりと出して、ニタリと笑うていたからや。

いったんのびてしもうた若者に、気が戻って、必死に、

「助けてくれーェ！」

叫んだが声が出ん。おまけにからだが自由に動かんのや。それでも、なんとかしてこの場から逃げ出そうと、足をばたつかせる。と、一人やった娘が二人になり、三人になり、四人になりして、ニタニタ、ケラケラ笑うて、若者に迫ってくる。

うっかりすると、呑み込まれてしまう。若者は両手にこぶしをつくり、必死になって抵抗したんや。若者のちからをこめた一発が、娘の顔に命中したんや。と、そのとたん、娘も屋敷もパッと消えてしもうた。

すると、そこはもとの岩かげやった。腰が抜けて、だらしのう、坐り込んでおったんや。岩にでもぶっつけたんか、にぎった手が痛とうて、赤ゥはれている。

あくる日の夜、その峠を通りかかった旅人も、この若者と、同じような目におうた。そのつぎの日も、そんなことがあって、

「村境の峠に妖怪《ようかい》が出る。妖怪は娘で、男の腰を抜くそうや」

といううわさが、村中にひろがって、暗うなると峠を通る者がおらんようになったのや。

浄光《じょうこう》という若いお坊さんが、このうわさを聞いて、

「よし。わたしが、その化け物とやらを、退治してあげましょう。」

「お坊さん。どうかおやめ下さい。なにかあると村は困りますよって。」

村人たちは懸命に引きとめたんやが、「わたしにまかせておきなさい」と袈裟《けさ》を掛け、有難いお経の本を持って、峠へ向っていった。

妖怪が出るという、白い、大きな岩の前に浄光さんが立つと、さっそく持ってきたお経の本を開き、お経を唱えはじめたんや。

浄光さんが長いことお経を唱えていると、不思議やふしぎ、岩から白い煙が立ち昇り、煙の中から、すーうと、若いきれいな娘が現われたのや。そして、こういうのや。

「旅の途中のわたしは、この峠で、若い男に襲われ、殺されました。うらみに思うわたしは成仏できず、いまだに若い男どもを憎み、岩に化身して、ここを通る男の腰を抜いては、うらみをはらしています。」

浄光さんはいうたもんや。

「なれば、そなたを救うて差し上げよう。」

そうしてな、袈裟をぬぐと、やさしく岩に掛け「安心して成仏されよ」と、ふたたびお経を唱えたんや。すると、娘の姿も白い大きな岩も、ひと筋の白い煙となって消えてしもうた。

そして、この峠には、もう二度と娘の妖怪は出んようになったんやてェ。

原話者　天馬信明
採集者　上野歳子
再話者　中野隆夫

あかめし

むかし、湖のほとりに、幼い娘が父と暮らしておったんや。働いても働いても、暮らしは一向にらくにならなんだ。やっととれた米も年貢にとられ、麦や粟を食べて、まずしい毎日を送っておったんや。

ある時、娘がわけのわからん病にかかってしもうてなあ。父親は田畑の仕事もほっておいて寝ずの看病をしたんやが、娘はようならず、長い間床についていたんや。ある日、高い熱にお
かされた娘は、

「あかめしが食べたい」

と言うんで、父親はもち米と小豆の入った赤飯《あかめし》を食べさせてやりたいと思うたんやが、なんせ貧乏な百姓のこっちゃ、もち米も小豆も手に入らん。そのころもち米や小豆があるのは、地主の家だけやった。父親は娘がかわいそうでならん。なんとかして赤飯を食べさせてやりたいと思うて、ある晩のこと、地主の蔵へ入って、わずかばかりのもち米と小豆を盗んだんや。けんど、父親は気がとがめてならん。一生懸命働いて、米と小豆を返し、罪の償いをせにゃならん

と思うとった。

「ほれ赤飯じゃ。お前が食べたがった赤飯やぞ。」

父親は桜色に色づいたあまい匂いのする赤飯を、娘に食べさせてやった。

「どうじゃ、うまいか。」

「うん、うまい。」

娘はひと口食べ、ふた口食べ、み口食べるにつれて、不思議なことにだんだん元気になってきたんや。

ところが、ちょうどそのころ、村の地主の蔵に泥棒が入ってな。米や小豆が盗まれたんで、地主は役人に届け出たんやが、なかなか泥棒は見つからなんだ。

ある日のこと、娘が友だちに、

「あかめしを食べたら、病気が治った」

と言うたもんやから、えらいことになってしもうた。

貧乏人の娘があかめしを食べたちゅうことは、どうもあやしいと、役人が父親を捕えにきたんや。

「おっ父《とう》ではない、おっ父ではない。」

娘は父親にとりすがって、泣いてばかりいたんや。けんど役人は父親を縄でしばり、つれて行ってしもうた。

そんな事があってから娘は、プッツリと口をきかんようになってしもうた。

それからいく年たったやろ。娘は美しゅう成人したんや。

ある夕暮、娘が山を歩いていると、ねぐらへ帰るキジが谷から谷へ飛び渡っていたんや。そして一羽のキジが一声大きく鳴いたんや。

その時やった。

「ズドーン」と鉄砲の音がして、キジは打たれてしもうた。娘はおどろいて、キジが打ち落された所へかけていったんや。そしてキジをだきかかえて、

「お前が一声鳴いたばかりに、打たれてしもうた。私もひと言よけいなことを言うたばかりに、父親が捕われてしもうた」

と、キジをなでながら、せつない胸の内を言うたんや。

そこへ猟師がかけつけて、娘に、

「お前、口がきけるのか」

と声をかけると、娘はスーと立ちあがって、ひと言も口をきかずに、キジをだいて山の奥へと姿を消してしもうた。

それからというものは、娘の姿を見たものはだれ一人、おらんと言うことや。

原話者　田中敏郎
再話者　小林玲子

ムカデのおつかい

むかし、むかし。

七尾山に仲のよいムカデとカエルが住んでいたんや。

ある晴れた日のことや。

カエルが、ぴょんぴょんと山をのぼっていくと、ムカデにばったり出会うた。

「やあ、こんにちは。」

カエルが声をかけると、

「やあ、久しぶりやな、どこへ行くのや。」

ムカデが尋ねたのや。

「たいくつやさかい、だれか話し相手がおらんかと、さがしてたんや」

「そうか、そんならうまいもん食うて、酒でも飲みながら話しでもしよやないか」

とムカデが誘うたので、カエルは、

「そらええ。」

すぐに話がまとまってしもうた。

そこでカエルは、

「わしは、町へ行って、うまいもん買うてくるさかい、おまえは下の村まで行って酒を買うてこい」

というて、出かけて行きよった。

ところが、カエルがたんと、うまいもん買うて帰ってみると、ムカデはまだゴソゴソしとるんや。

「おまえ、まだ買いにいかへんのか」

と、カエルが、ムカデに聞くと、

「もうちょっと待ってくれ、まだわらじがはけんのや」

と、ムカデは答えたそうな。

原話者　田中敏郎
再話者　浅尾和子

弥高村の鐘

伊吹山のすそに弥高山という山があるのを知っとるのう。

あの山に大昔から「神さんの山やで、みだりに入ってはならん」という、言い伝えがあってのう。めったに山に入るものがおらなんだ。

ところが、ある年の正月に屠蘇《とそ》酒に酔うて気の大きゅうなった、ふもとの村の若者が、

「そんな言い伝え、くそくらえや！」

いうて、雲ひとつない、よう晴れた弥高山へずんずん登っていったんじゃ。と、ふいに枯草の中から一匹の白兎がとんで出てきて、じーいとこっちを見て動こうとせんので、よしっ、捕えてやれ、

と近寄っていって手ェ伸した。すると、白兎がぴょんぴょん逃げる。また立ち止ってこっちを見る。そんなことを繰り返してるうちに、いつのまにか若者はいきもかえりもならぬ山深いとこへ迷い込んでしもうた。

えらいとこへ来てしもうたわい、とあたりを見まわすと、なんと村人たちが「王塚」と呼んで恐がっている、大きな墓のそばでのう、若者は酒の酔いもいっぺんにさめて、ぶるぶるふるえだしよった。そんな若者のまえにのう、こんどは白い小袖に目のさめるような真っ赤な袴《はかま》をつけた、美しい娘が現われたんじゃ。若者はあまり美しいもんやで、うっとり眺めてると、とつぜん美しい娘の顔が、見るもおそろしい般若《はんにゃ》の顔に変わってのう、

「人が来た、人が来たァ!」

と大声で叫びだしたんじゃ。

若者は真っ青になって歯をガチガチふるわせてると、般若の顔の娘はなおも、

「人が来たぞォ。人が来たぞォ!」

と叫ぶんじゃ。その鋭い叫び声はのう、まわりの山にこだまして、そらもう気味のわるいことというたらこの上なしでのう、若者は生きたここちがせなんだ。

「おたすけくだされ」と若者はこころの中で手を合せてると、こんどは、

「ギャッ!」

般若の顔の娘は空に向かって異様な声で叫んでな、パッと姿を消してしもうた。

若者はほっとして空を見上げるとのう、いまのいままでよう晴れていた空が一天にわかにか

き曇って、大粒の雨がまるで滝のように降ってきたんじゃ。それだけやない、山が裂けるかとおもえるような物凄い雷鳴が走って、若者はとうとう気を失うてしもうた。

かなりの時が過ぎて、正気を取りもどした若者があたりを見まわすと、なんと、濃いもやの立ちこめた杉木立の中にいたんじゃ。

やがて、もやが薄うなってきて、すーうと風が吹いてきたと思うと、目のまえに白髪頭の老婆が立っていてのう、

「おまえは神さんのお許しもないのに山に入ってきた。ふつうならさっきの雷で死んでるとこじゃが、神さんは、きょうのとこはお慈悲をもって見逃して下されたんじゃ。ありがたいと思え。けども、罰として弥高村への帰り道は教えんさけえ、せいぜい苦労して帰れ」

いうて、老婆は姿を消してしもうた。

日暮れは近づいてるのに、どっちを向いても杉の木ばっかりで、若者は途方にくれていた。するとのう、足もとの枯草がガサゴソ音を立てたとおもうと、けさがたの白兎がひょいと顔を出したんじゃ。若者は、そうや、これに聞こうおもうて、

「おまえに誘われてこんな山奥に迷い込んでしもうた。たのむさけえ、どっちへいったら村へ帰れるか、教えてくれ。」

そういうたんじゃ。するとな、兎の姿がさっと消えて、代わりに、般若の顔になるまえの美しい娘が現われてのう、

「わたしは、この山の神にお仕えしてるミコやさけえ、教えられんが、ちょっと待っておれ、

神さんが教えてくれるはずじゃ」

いうて、またも、姿を隠してしもうた。

あたりは暗うなるし、寒いし、腹がへるし、若者はこころ細うて死ぬおもいじゃった。けども、待つしかないので、じーいと待っていたんじゃ。するとな、遠くの方から、かすかに、かすかに鐘の音が聞えてきたんじゃ。おや、聞いたことのある鐘の音じゃ思うて、耳をすましてよーぉ聞くと、なんと村のお寺の鐘じゃ。そうか、神さんが帰りの道を教えるゥいうたんは、この鐘の音にちがいない。若者はやっと安心してのう、

「ミコさん。おおきに、おおきに」

いうて鐘の鳴り終わらんうちに、一目散に村へもどってきたということじゃ。

原話者　田中敏郎
再話者　中野隆夫

油屋おふく

昔のことやが、野瀬《のせ》の油屋にふたりの娘がいてな。姉のほうは「おふく」いうて、気立てのやさしい器量よし、野瀬の里でも評判の娘やった。

おふくは小さいときにおっ母さんに死なれるという、悲しい目に遭うてきた。それに、あとに来た継母《ままはは》はきつい人でな、自分の娘ばかり可愛がって、二人の娘が大きゅうなると、世間に評判のええ、おふくを邪魔者あつかいにするんやった。

おふくが、ちょっとでも愛想よく村人と話をしようものなら、

「おふく！　しゃべってるひまがあったら、店の掃除でもしいやッ」

と呼びつけられ働かされるのや。父親が、きれいな簪《かんざし》を買うて来てくれると、

「これは、おふくには似合わん」

と、取り上げて妹にやってしまうのや。

おふくは古い着物ばかり着せられておったんやが、愚痴《ぐち》一つ言わんと、もくもくとよう働いたもんや。

けんどなあ、おふくは悲しゅうて、毎日毎日、淋しい思いで日を送っておった。

村祭りが来て、やっと、おふくもきれいな着物を身につけることができたんや。

おふくも年頃や。ええもんを着ると心が浮き立ってな、いそいそと氏神さまへお参りに行って、

「どうか、仕合わせになれますように……」

おふくが祈っての帰り道のことや。うす暗い道ばたに、一人の男がしゃがみ込んで、何やら困っている様子なんで、近づいてよう見ると、それは村の長者やった。

長者は、草履《ぞうり》の花緒《はなお》が切れて、据えようとしておったんやが、なかなかうまくいかん。

「長者さま、わたしがお据えしますさけに……」

おふくは、ふところから手拭を取り出してそれを裂《さ》くと、ていねいに草履の花緒を据えたんや。

「すまんことや。お前さんは、どなたかな?」

おふくは、うっすらと頬を紅《あか》らめて、

「はい。油屋のおふくちゅう者です」

というと、長者は、おふくのやさしい目と、その美しい顔をしげしげ見つめて、

「ほんまに、助かりましたわい」

と、礼を言うて帰って行ったんや。

それから二、三日たって、おふくがせっせとおさんどんをしているところへ、長者の使いがやって来たんや。

「長者さまが、ぜひおふくさんをよめさんにと申されましてのォ……」

使いの者は土産を差し出して、継母に長者の意向を伝えたのや。

飛び上がらんばかりに驚いた継母は、「妹ならともかく、おふくに――」と、おふくがもう憎うてたまらん。そこで、

「おふくは、ああ見えても腹の悪い奴やよって、後でなんかと文句が出ると、うちも困るさかいに……」

と、すげなく断わってしもうた。

台所で継母の話を、そっと聞いていたおふくは悲しゅうて悲しゅうて、裏庭へ出るとしゃくり上げて泣いていたんや。

一方、断わりの返事を受けた長者は、そんなことではあきらめやせん。

「おふくさんのように、やさしいええ娘は、またとあらへん。どうかよめさんに……」

と、あの手この手で人を代え、何度も頼みに来たんや。

長者の使いが来る度に、継母は腹の虫がおさまらん。

「おふく、おふくと、ええい、くやしいッ。」

とうとうある日、

「おふくッ、おまえが娘の姿をしてるさけや！」

と、おふくの髪をぐいっとつかんでぶったんや。

「かんにんして！　かんにん、かんにんして下さい――」

おふくは泣いて謝ったが、継母は、

「ええい、憎らしいッ」

と、かみそりで、おふくの長い黒髪をばっさりと切って、丸坊主にしてしもうたんや。

床《ゆか》に頭をすりつけて泣くおふくを、継母は足でけとばして、

「ええい！　うちは坊主に用はないわッ。さっさと出ていけッ。」

とうとう、おふくを家から追い出してしもうた。

おふくは袖で頭をおおい、泣く泣く山の方へ走って行ったんや。

泣きながら、走りに走って、一つ山を越した村できこりをしているおじの家に逃げのびたんや。

かわいそうなおふくの姿を見たおじは、ぼう然としてしもうた。そして、話を聞いて驚いたんや。

「ここで暮らせばええで。それにしても、なんちゅう継母や……」

やさしく暖かなおじのふところで、思い切り泣いたおふくは、その夜、安心してぐっすり眠ってしもうた。

それからおじのうちで、心安らかに暮らしていたんや。

きこりのおじの手伝いをして、まめに働いたんで、

「きこりのとこに居る姪《めい》ごは、よう働くええ娘《こ》やそうな。」

「何でも、継母にきつういじめられて、苦労したちゅうこっちゃ。」

「ほう、かわいそうになあ……」

山奥のおふくの評判は、いつしか野瀬の里にまで聞こえてきた。そのうわさは、すぐに継母に知れてしもうた。

「なんやとォ、おふくが元気でおるんやて！　ちくしょう、生かしておくものかッ。」

目をむいて怒った継母は、おふくをつかまえにやって来たんや。けんど、おふくはおじの案内で、素早く裏の山奥へ逃げのびたんや。

それから、木や枝で小さな小屋を作ってもろうて、おおかみの遠吠えにおびえながら、じっと身をひそめておった。そしてな、毎日仕事にやって来るおじが、道具箱にそっと忍ばせて運んでくれる食べ物で、その日、その日を生きておったんや。

そのうち、おふくは食べられる木の実や草を覚えて採り、いつしか山や谷を身軽に飛び歩くようになっておった――。

ある日、おふくがひそんでいる山へ、一人の男が入って来てな、何やらきょろきょろと探し歩いておるのや。

おふくはそれをみて、

「これは、きっと、継母の追手が殺しに来たんや」

と思い、大きな岩かげに身をかくすと、じっと男の様子を伺うておった。

男は、どうやら薬草を採っているらしい。おふくはほっと胸をなで下して、なおもよく見ると、その男は野瀬の長者やった。

おふくはもう、地獄で仏に会うたようなうれしさで、岩かげを飛び出したんや。

「長者さま、長者さま！」

と、走り寄って来るみすぼらしい女に、長者はぎょっと後ずさりしたんや。

「わたしです。油屋のおふくでございます！」

「なんと、おふくじゃと！」

長者の前にかけ寄ったおふくの髪の毛は、すでにふさふさとして風になびき輝いておった。

長者は、じっとおふくを見た。ぼろをまとってはいるが、それはまぎれものう、おふくやった。

「おお！　いかにもおふくじゃ……」

「あれから一年、母の手を逃れてこの山で、おじの親切を受けて暮らしておりました……」

おふくの話に長者はうなずき、涙を流して聞いていたんやが、

「もう、その苦労もおしまいじゃ。ささ、わしと暮らすのじゃよ。」

長者はおふくの手をやさしくとると、野瀬の里へ連れ帰ったのや。

「ああ、夢ではない。いつか氏神さまへお願いした仕合せが、ほんまになりました……」と、おふくはうれしさのあまり、あつい涙をぼろぼろこぼして、氏神さまへお礼まいりをしたんや。

こうして、油屋のおふくは長者の嫁となり、いつまでも仕合せに暮らしたんやと……。

原話者　田中敏郎
再話者　平城山美貴

野瀬《のせ》の大男

むかし。野瀬というところに、それは大きな男が住んでおった。

体は、人一倍大きいのに、力はなく、相撲やなぐり合いでもしようものなら、たちまち負けたであろうな。そのかわり、大きな声と、太い肝っ玉を持っておった。そして信心深い男やった。

ある日、その大男は他国へ商いに行っての帰り、「あの峠を越せば、野瀬はもうすぐや」と道を急いでおった。

日が暮れて暗うなった山道へさしかかったときのことや。行く手に、人相の悪い男どもが四、五人、たき火をしておった。

商いでもうけた金を、ふところに入れていた大男は、

「これはえらいことになった……。やつらに金をとられてはならん……。仏さま、お守り下され。なんまいだぶつ……」

と、祈りながら、ぐいーと胸を張り、大股で歩いて行ったんや。

すると、たき火をしていた男たちが、ばたばたと大男をとりかこんで、

「おいッ、ふところの金を出しなッ」

と、肩をいからした追はぎどもが、おどしよるのや。

「金を持ってはいるがね……」

大男は平然とした顔で言ったもんで、追いはぎの一人がグイと手を出し、

「さっさと出せッ。」

「ほんじゃあ。」

大男は脇差しをさっと抜いてその先の上へ金をのせ、両足を大きくふんばって、

「さあ、取りなッ。」

追はぎどもは、あ然としよった。刀の上に金があるもんやから、うっかり手を出すと自分が切られてしまう。金は欲しいが、どうしても手が出せん。

もたもたしておる追いはぎどもに向かって、

「どうした！　よう取らんのかッ。」

大男がどなった。

その声のでっかいの、なんのって。追はぎどもは腰を抜かさんばかりに驚いて、われ先に逃げて行きよった。

「ふうッ……」

肩で大きく息をした大男は、胸をなでおろし、一目散に村へ走り帰ったんや。そして家に入

るなり、仏だんに手を合せて、

「こうして無事に帰れたのも、仏さまがお守りして下さったおかげです。なんまいだぶつ、なんまいだぶつ……」

と、仏さまに礼を言うた。

あくる日、大男は寺へ行って、昨日の出来事を坊さんに話すと、

「それは大変じゃったな。しかし、それもみな、お前さまの信心のたまものじゃ。そして、また、冷静さを失わず、度胸をきめて当たったからじゃよ」

と、ほめてもろうた。

「ほんまに、そうや……」

こっくりとうなづいた大男は、改めて、仏さまへの信心を深めたということや。

原話者　押谷常次郎
採集者　上野歳子

雨を呼ぶ能面

むかし……。

伊吹山の山奥、甲津原《こうづはら》というところにな、小さいお宮さんがあったんや。

そこにはな、ずっと昔から立派な能面がいくつかあって、お宮さんの宝物にされていたんや。

ある年の夏のことや。その日は珍しく朝から雨が降っていてな、畑の仕事も出来んので、村人たちは家の中で、

「ええ、おしめりじゃ……」

と、話し合うているところへ、関ヶ原から、立派な男の人が来てな、

「わたしらの村でなも、こんど氏神さんのご本殿をつくったんでなも、盛大なお祭りをしんさることになって、それには、どうしても二つのお面が要りますのじゃ。まことに済まんこっちゃが、おたくの村のなも、あの能面をぜひとも貸してくんさる訳にはいかんじゃろうか。お祭りは一日だけで済みますんで、済んだらなも、すぐお返ししますよってに」

と、いうもんで、人のよい村人は、大事なお面やが、貸すことにしたんや。

ところが、祭りから十日過ぎても返しにこんので、村人たちは心配になってきてな、世話役たちが関ヶ原へ出かけて行き、返してもらうことにしたんや。

「まことに済まんが、先日お貸しした、あの能面を返して下さらんかの。」

すると、関ヶ原の村役人は首をかしげて、

「おかしなことじゃなも。この関ヶ原には、たくさんお宮さんはござらしゃるが、近頃お祭りをしんさったところは、どこにもないでなも。それにご本殿を建てたというお宮さんも聞いたことがござらんからのう」

と、いう返事や。甲津原の人々は、いやはや、びっくりしてしもうてな。

「大事な大事な能面を、二枚も失《の》うしてしもうて、これは、えらいことになってしもたわい……」

「困ったもんじゃ。村の衆に何というたらええのやろう。それにしても、あの面はいったい誰が持って行ったのやら……ふしぎな事も、あるもんやのォ！」

みんな首をかしげかしげ、きつねにつままれたような顔をして、村へ帰っていったんやと。

それから、待っても待っても、二枚の能面は帰ってこなんだ。


次の年の夏は、ひどう暑うてな、雨がちっとも降らなんだ。村の年よりたちが集ると、

「このままでは、稲が枯れてしまうがな」

「やっぱり、鎮守様へお願いしてみようかいの」

と、鎮守様へ行って、御祈禱をすることにしたんや。

村中の男は、みんなかみしもをつけて、お宮さんへ集まって来たんや。白いひげの長老が一歩進み出て、口に白い紙をくわえ、御幣《ごへい》をかざし、のりとをうやうやしく上げると、かみしもをつけた村人も、みんな深々と頭をたれて、

「どうか、雨が降りますように」

と、一心に祈ったんや。

それがすむと、みんなは並んで〝洗面川《せんめんがわ》〟へ向こうた。川のほとりにある〝なんばら石〟の前まで来ると、お宮さんから持って来た能面を、次々と、その石の上に並べていったんや。そして、能面がきれいにそろうと、白いひげの老人は、ササの枝を手に持って〝パラパラ〟と、その能面の上に水を振りかけていったんや。

するとどうや……。

伊吹山のむこうの関ヶ原の方から、何やら白い小さな鳥のようなものが二つ、ゆらりゆらり

と、こっちへ向かって飛んで来るのが見えるのや。

村人のひとりが、それを見つけて、

「はて、何やろ、あの白いものは！」

と、思わず声を上げたんで、みんなも一せいに空を見上げたんや。すると、その白いものは、みるみる、みんなの頭の上まで来て、ぐるぐる回り出したんや。

「あれよ、あれよ……」

と、皆がよく見ると、それは関ヶ原に貸した、あの二枚の能面やった。

「何ちゅうこっちゃ。あの能面がもんで来たわい！」（もどって）

あまりのふしぎさに、村人は驚き、息をのんで空を見上げていたんや。

白い面《おもて》をひらひらさせ、しばらく、皆の頭の上を飛んでいた能面は、いつの間にか二羽の美しい白サギの姿に変わっておった。そして伊吹山には、どこからともなく黒い雲がわき起こり、それが低うたれ込めてな、二羽の白サギをおしつつんだかと思うと、にわかに大粒の雨が降り出したんや。

それはそれは、きつい雨やったそうや。


それからというもの、甲津原では日照りが続くと、お宮さんの能面に出ていただいて、お願いをするのや。

すると、どこからか、二羽の白い鳥が現れ、ぐるぐる頭の上を回ったかと思うとな、必ず雲がわき起こって、雨が降るということや。

原話者　田中敏郎
再話者　岡田恒子

長者の娘

びわ湖は、琵琶《びわ》の形に似てててな、日本一、大きな湖や。

日ごろは、それはそれは、穏やかな湖なんやけど、いったん時化《しけ》ると、思いがけん恐しい湖になるのや。

ずっと、むかしのことや。

春というても、まだ、寒いときのことや、近江では、比良八荒《ひらはっこう》というて、このころになると湖は荒れるのや。

ある年のこと、いつにのう、湖水は大荒れして、漁船は坐礁するやら転覆するやらで、死者がでるわ、積み荷は、湖のもくずになって消えてしまうわで、そりゃぁ大騒ぎやった。

それがまた、なん日も、なん日もつづいたのや。こんなことは珍らしいことや。

湖辺の村々では、一家の働き手を失うた人たちの嘆《なげ》きや悲しみは、ひととおりやなかった。

そのうえ、漁《りょう》をして暮らしをたてているこの村の人たちは、こう嵐がつづいては、その日の生活にも困るのや。

思案にくれた村人たちは、よりより相談したすえ、使者をたてて、竹生島《ちくぶしま》の明神《みょうじん》さまに、おうかがいをたてることにしたのや。

「この嵐は、島の東南の渕に棲《す》む竜神さまのたたりなるぞ、嵐をしずめるには、村いちばんの美しい娘を、人身御供《ひとみごくう》に捧ぐべし。」

使者は、この御託宣をうけて、急いで村に帰ってきて、村人たちに伝えたのやてぇ。

村いちばんの美しい娘というと、長者のひとり娘や。

そこで、村のおもだった者が、使者をつれ、長者のところへ行ってな、明神さまのお告げを伝え、たのんでみたのや。

「な、なんじゃと、そんな馬鹿なッ、でたらめをいうなッ。」

長者は顔色をかえ、声をふるわして怒ったんやってえ。

「いいや、つくりごとではない、竜神さまは、村一番の美しい娘を望んでおられる。村一番の美しい娘といえば、あなたの娘ごより他にない。」

使者は、明神のお告げを、くりかえし、長者に伝えたのや。

「そんな無茶なことがあるか……断わる。わしの娘は出さんぞ、ほかにおろうが、探せッ……」

長者は、がんとして聞き入れなんだ。

困り果てた村人たちは、竜神のところへ差し出す娘を探してみたのやが、だれひとりとして行ってくれるものはおらなんだ。

湖は、ますます大きく荒れ狂ってな。苦しみは、日ごとにつのるばかり、魚も、作物もかいもくだめになって、もう、その日の食べるものさえ、こと欠くようになってしもうた。そのうち、村人たちのねがいは、どこからとものう、長者の娘の耳にはいったのや。

そのとき、長者の娘は、十四歳やったそうな。こころのやさしい娘でな。困っている村人のために、竜神のところへ行こうと決心したのや。

ある日のこと。

長者の娘は、家人の寝ているうちに、そっと家をぬけ出してな。荒れ狂う湖の中を、小舟に乗って、竹生島をさしてこぎ出したのや。

「竜神さま、わたしがまいりますから、どうぞ、お怒りをしずめてくださいまし。」

長者の娘は、こころのなかで祈りながら、吹き荒れる嵐のなか、力をかぎりに、櫓《ろ》をこいだのや。

やがて、竜神の棲むという渕《ふち》へつくと、

「竜神さま、わたしの命を捧げます。そのかわり、どうか、湖をおしずめくださいまし、おねがいです。」

娘は、白いきれいな手を合わせ、湖のなかへ身を投げたのや。

すると、不思議なことに、あれほど荒れ狂っていた湖が、しだいにやわらいで、もとの静けさにもどったということや。

そののち、この村では、娘のおかげで、平安に暮らすことができたそうや。

あ、そや、長者の家でも、まもなく、かわいい女の子が生まれたそうな。

原話者　田中敏郎

竹生島《ちくぶしま》のなまずと仙人

とおいむかしのはなしやが、あるお寺に琵琶の好きな和尚さんが住んでいてのう。ひとりのこどもを、えろう可愛がっていたんじゃ。

ところがのう、そのこどもがある日とつぜんおらんようになってしもうた。和尚さんは青うなって、八方手をつくして捜したんやが、見つからなんだ。

それから何年かすぎたある年の秋のことじゃ。

和尚さんが落ち葉をあつめてたき火をしていると、頭の上のほうで、お経をよむ声がするのじゃ。おやっ、と思うて上を見ると、木の上にひとりの若者がいてお経をよんでいる。よお見ると、何年かまえにだまって寺を出ていった、あのこどもやないか。あのころのこどもが立派な若者になっていたんじゃ。

和尚さんはな、どこにいたんじゃ、と聞くと、

「あれから伊吹山の山奥にこもって仙人になる修業してまして、やっと仙人になることができました。そこで和尚さん、ひとつおねがいがございます。じつは、こんど竹生島で、国じゅうの仙人があつまって宴をひらきます。つきましては、そのときに鳴らす琵琶を貸してもらえませんか。」

そう言うんじゃ。日ごろたいせつにしてる琵琶を貸してくれいうのは、よっぽどのことや思うて、和尚さんは気持ちよう琵琶を貸してやった。

仙人の若者はよろこんでのう、上手に鳴らすには稽古せにゃならんわいと思うて、湖の近くまでやってきたんじゃ。そしたら、なんやしらんが、おおぜいの漁師たちが騒いでいるんやな。なに騒いでるのやと思うて耳をすまして聞いていると、こんなことじゃった。

竹生島という島は、根のない浮き島で、島の底にはぎょうさんなまずがいて、それらのなまずが島をささえてるといわれてる。ほんまになまずが島をささえてるんかどうか、よそから流れてきた屈強な漁師が、みんながとめるのもきかずにひとりでたしかめにいった。それきりもどってこぬので、みんなが騒いでいたのじゃ。

どうせなまずの餌になってしもうたにちがいないという話に、仙人の若者は、こりゃほおっておけん思うて、さっそく琵琶をこわきに抱え、雲に乗って竹生島まで飛んでいった。そしてのう、修業中におぼえた術を使うて水中にもぐったんじゃ。若者は習いおぼえた仙人の術を使

うてみたかったんじゃ。それに自信もあったんじゃろう。ところがのう、この仙人も漁師をたすけるどころか、自分もなまずにのまれたんか、二度と湖面に姿を現わさなんだ。

和尚さんは、仙人の若者が琵琶を返しに来んので、だまし取られたのかと思いながら、いち日いち日を送っているうちに、琵琶のことも仙人の若者のことも忘れてしもうた。そしてのう、何年かたって和尚さんは竹生島に渡ったんじゃ。

島での用事すまして、あした帰るという夜じゃった。和尚さんが、こうこうと照る月をひとりしずかに眺めてると、どこからともなのう妙なる琵琶の音色が聞えてきたんじゃな。

和尚さんはそれを聞くなり、あッと声をあげた。というのはのう、和尚さんが仙人の若者に貸してやった琵琶の音色やったんじゃ。あいつはまたこのまえのように木の上で鳴らしてるのかもしれんと思って、和尚さんはあたりを見まわしたんやが、どこにも姿はない。

「どこにいるんじゃ。」

和尚さんは大声で叫んだ。するとのう、松の大木の根もとでゴソゴソ音がするんじゃ。不思議に思うて見にいくと、そこに琵琶があっての、琵琶の横にちいさななまずが一尾いて、和尚さんに向かってこういうんじゃ。

「和尚さん。琵琶をお返しします。わたしは自信を持ちすぎて失敗してしまいましたんじゃ。こんななまずになってしもうて、もう人間にもどれません。」

そしてのう、ぽろぽろ大粒の涙をこぼしたということじゃ。

原話者　田中敏郎
再話者　中野隆夫

山梨子村《やまなしむら》の風の音

むかし。ある年の夏のこと、一日の仕事を終えた村の若者たちが、浜辺へ三々五々集まってきて夕涼みをしておった。

眼の前に広がる紺《こん》ぺきのみずうみをながめながら、酒を汲み交わしているうちに、吾一という若者が、

「なあ、みんな。あの水の底には昔から大きな洞穴《ほらあな》があるちゅうことやが、ほんまやろか……？」

と言うと、若者たちは、

「わしゃ、言い伝えにすぎんと思うな」

「いや、みなが言うてるさけに、わしは、きっとあると思うてる」

「だあれも行ったことがないんや、ほんまかどうかは分からんぞ」

と、次第に熱気を帯びて、「洞穴はある」「いやない」との言い争いになってしもうた。

そこで吾一は、まあまあ……とみなをしずめながら、

「ほんなら、ひとつわしがたしかめてみるわい！」

そばにいた一ばん若い源三も、気負い立って、

「ほんじゃ、わしも行こう」

と、二人はみずうみにもぐることになったのや。


あくる日、浜辺で大勢の村人たちに見守られて、吾一と源三は元気よく竹生島の方へと泳ぎだしたのや。湖北の水は冷とうて、どこまでも青く澄んでおった。若い二人の男は、冷たい水に肌を切られるような痛みを感じながら、みずうみの底深くへもぐって行ったのや。

やがて、大きな岩が見えてきた。しかもその岩は、二人を待っていたかのように大きな黒い口をぽっかりと開けていたんや。おそるおそる近づいた二人は、中をのぞいて、

「ああ――ッ」

と、息をのんだ。そのとたん、鎧《よろい》を着た武士の手がにゅうとのびて、二人を洞穴の中へ引きずり込んでしもうた。

見れば洞穴の奥は広く、鎧姿の侍や漁師、野良着の村人たちが大勢いたし、何頭かの馬もいるやないか。

そして、それらの人びとは、吾一と源三を取り囲むように、ひたひたと寄ってくるのや。

あまりの恐ろしさに、二人は声も出せず青ざめて、ただ、ぶるぶるとふるえるばかりや。

すると、白いひげを生やした長老らしい侍が、

「そこの二人ッ、この洞穴へ何をしにきた。われらを捕《つかま》えにかッ！」

と、どすのきいた声をひびかせたんで、吾一は思わず、

「いいや、ちがいますッ。洞穴があるとの言い伝えをたしかめに……」

「ほんまやッ。あやしい者とはちがいますッ！」

源三も必死になって言い訳をしたんや。この時、大勢の人びとの中から、一人の漁師らしい男が出てきて、二人をじろじろとながめていたが、

「ご長老、この者たちは豊臣がたではなさそうです。ご心配には及びますまいて。」

そのおだやかな声に、吾一も源三もほっとして、

「わしらは山梨子村のもんです。洞穴があるかないかの言い争いになって、ほんで……」

うなだれた二人へ、白いひげの侍が、

「なんと！　いま何と言うた、山梨子村と言うたか？」

「は、はいッ。」

二人が答えるまもなく、野良着の村人や漁師たちは、

「お、おお――」

と、口ぐちに、むせぶような声をもらしたのや。

長老は、遠くを見つめるような、うつろな眼ざしをしてな、話しだした。

「われらは、賤ヶ岳《しずたけ》の合戦にて豊臣軍に敗れ、山梨子村の浜辺へ追いつめられた……。前はみずうみ、後は敵の軍勢、逃げ場を失うたわれらは、竹生島まで逃れんものと、馬もろともみず

うみへ入った――。じゃが、冬のびわ湖の水は凍るようにつめたく波は荒い。その上、重い鎧をつけておっては、思うように泳げもせぬ。とうとう、竹生島へ渡れずに……、無念じゃった――」

洞穴の中からはすすり泣きが聞こえ、吾一と源三も思わず目をうるませたんや。長老はつぶやくように、なおも話をつづけてな。

「山梨子村の人びとも、われら柴田軍に加勢したばかりに豊臣軍に追われ、ここに住んでいる村人は、われらと共に戦った者どもじゃ……」

「………」

目頭をおさえ、黙って聞いている二人へ、そばにいた漁師も言うた。

「冬になると、このあたりの湖《うみ》は波が高うてのう、舟は出せん、けんど、漁をせんと、わしらは食うていけんのや。ほんで舟を出したが、沖へ出ると風が強うて、どの舟もすぐ転覆じゃ。湖《うみ》の中へほうり出されたわしらも、みんなここへ集まったんや。」

洞穴の人びとはみな、声を高うして泣いた。吾一も源三もつっ立ったまま泣いた。長老はそんな二人の手をとって、

「われらはもう幾日も外の人と会うていない。外の話を聞かせてくれい、え？　戦はどうなった？」

と、せき込んできくんで、吾一も源三も、顔を見合せ、源三は「くすん」と鼻をつまらせて言うた。

「村のじいさんたちの話だと、賤ヶ岳に合戦があったのは、もう、二百年も昔のことやて言うてた。」

「な、なんじゃと！　二百年も前？」

「そうや。豊臣軍が勝ったのは、二百年も前のこっちゃ。けど、秀吉さまの家来の徳川さまが、やがて秀吉さまと戦をされて、徳川さまが天下をとられたんや。」

「今は、徳川さまの時代や、その徳川さまも十代目や。都や江戸では、オランダちゅう外国のことばを学ぶお武家さまがぎょうさんいやはるちゅう話や……」

吾一も横から話したんや。

「おお！　豊臣は亡びたか」

「なんと、なんと、……二百年も過ぎたと……」

と、洞穴の人びとはまたまた泣いたそうや。

そして長老は、久し振りに会うた山梨子村のこの若い二人に、

「冬になると、このあたりは雪が降りつづいて湖《うみ》は氷に閉ざされてしまう。まして、この深い穴までは光も射さず、洞穴の中は暗やみじゃ……。そんな寒い日は、みんなわがふる里がなつかしゅうてのう、人が恋しゅうてのう、洞穴の中は、これこの通り、みなのすすり泣きでいっぱいになるのじゃ……」

洞穴の人々といっしょに泣いていた吾一は、涙をおさえると、

「そうでしたか。皆さん、そんな淋しい時は、どうか山梨子村へ遊びに来てください。村の人

たちは、みんなええ人ばかりですさけ、やさしゅう迎えてくれるでしょう……」

そうして吾一と源三は、また来ることを約束して浜辺へ帰って行ったんや。

そののち、山梨子村では、風の音にまじって泣き声が聞こえ、戸をとんとん…とたたく音がするると、

「湖《うみ》の洞穴の仏さまたちがあまり寒いので泣いておられる。さあさ、いろりのそばに来なされ……」

と、いろりにどんどん柴をもやして、仏さまを迎えるようになったんや。

また、ある家では、

「さあさ、お酒でも飲んでぬくもりながら、ゆっくり話をしていきなされ……」

と、杯《さかづき》になみなみと酒をついで仏だんに供えたりしたもんや。そうして耳をすますと、どこからともものうこんな歌が聞えてくるそうや。

ひゅうひゅう　と、風にのって泣く声は
あれは　なんじゃろな。
しんしん　と、雪の降る晩に
とん　とん　と、戸をたたくのは
あれは　だれじゃろな。

あれはな、あれは、山梨子村の風の音。
さあさ、いろりでぬくもって
酒でも飲んで　お話しなされ……

今でも、山梨子村の人びとは言うてる。みずうみの底の洞穴では、侍や漁師、そして村人たちが、「そのままの姿で、しずかに眠っておられる」……とな。

原話者　田中敏郎
再話者　谷口ミサヲ

竜の舞い

むかしもむかし、おおむかしのことや。湖北のある村にな、八右衛門という腕の達者な宮大工がいたのや。父親は、はように死んでしもうて、母親とふたりで、なかようくらしていてな、村でも、はたらき者の孝行息子と、ひょうばんやった。

そんな八右衛門やさけえ、嫁を迎えるとしになると、むこうの娘はどうや、こっちの娘はどうや、と、毎日のように縁談が持ち込まれるしまつや。八右衛門としたら、自分ののぞみもだいじやが、それ以上に、こんにちまで、おんな手ひとつで育ててくれた、はたらき者で、気のつよい、おっかあの気にいる娘を嫁にしたいとおもい、そのことを母親にもいうていたんや。

「この娘はええ。この娘を嫁にしい」

と母親にすすめられて、八右衛門が迎えた嫁は、さすが母親の気にいっただけあって、母親に負けんはたらき者やった。母親と嫁は、家でいっしょに機《はた》を織っていたんやが、おなじように機を織っても、若いだけ嫁のほうがはやいんやな。はたらきにかけては、だれにも負けたことのない母親には、それが気にいらなんだ。

母親は、ちょっとしたことでも、こごとをいうようになったんや。嫁にきたころは遠慮していた嫁も、三ヵ月、四ヵ月と月日がたつうちに、腹にすえかねることがあると、くちごたえするようになったんや。嫁も気の強い性質《たち》やったもんやから、嫁と姑《しゅうとめ》のいさかいの、たえた日はなかった。

そんなある日のことやった。八右衛門が仕事に出ていったあと、嫁と姑がならんで機を織っていたんや。二、三日まえにくちげんかして、ふたりはくちをきいていなかった。そのままで、その日をすませたらよかったのに、ちょっとした調子に、嫁が機に手をつめたんや。

「あっ痛ッ。」

血がにじんでいる指に、くちびるをあてて、痛みをこらえていると、横から姑が、

「ふん。毎日毎日、年寄りをいじめてるさけえ、罰《ばち》があたるんや。ちょっとぐらい機織りがはやいのを、鼻にかけて、つんつんして。織るのが早ようても、布が粗《あら》うてはなにもならんわい。」

にくにくしい口調でいうたもんや。

痛みをこらえているさいちゅうに、そういわれたもんやさけえ、嫁のほうは頭にきたんやな。機《はた》のまえから離れると、織り上げて置いてある自分の布と、姑の布を持って、

「さぁ、おっかさん。おらの布のどこが粗いか教えとくなはれ?」

姑の目の前につきつけたんや。

「おまえは、おらにたてつく気ィか。」

「さぁ。おっかさんの織ったこの布と、おらの織ったこの布と、どこがどうちがうか、きかしとくなはれ。」

「だいいち年期がちがう。おまえらに負けてたまるか。」

「ふるくさい柄ばかり織って、くちだけは達者や。」

嫁も嫁なら、姑も姑や。とうとう、ここでおおげんかになってしもうた。

腹が立つやら、口惜しいやらで、どうにもできんようになった嫁は、自分が織った布を、ぜんぶズタズタに切りさいて、

「気にいらん嫁なら出ていく!」

と言いすてて、家を飛び出してしもうた。

気のつよい、意地のわるい姑に思いしらせてやる。そう心にきめてな、嫁は水の多い近くの川へ身を投げたんや。

ふしん場で仕事している八右衛門に、しらせがはいると、びっくりぎょうてんや。八右衛門

はみるみるまっ青になると、飛ぶように走りだしたもんや。

川堤までやってくると、八右衛門は、どこぞに浮いているんやないか、と目をサラのようにして、ながめまわしたんやが、すがたかたちもない。八右衛門は涙を流しながら、大声で嫁の名を呼び、

「出てきてくれェ！」

するとな、流れていた川の水が止ったと思うと、ぐーうともりあがって、なかから黒い大きなもんがあらわれたんや。よう見ると竜やった。竜は空にむかって昇っていき、雲をよんで大粒の雨を降らせ、すがたを消してしもうた。

あの竜は化身した嫁にちがいない。そう思うて、八右衛門は急いで帰ると、早速、竜になった嫁のすがたを彫りはじめたんや。そして、七日七夜、寝食を忘れて彫りあげた竜を、氏神さんに奉納して、死んだ嫁の霊をなぐさめたんや。

それ以来、村人たちはのォ、日照りがつづくと、氏神さんの前で「竜の舞い」をして、雨乞いするようになったんや。竜の舞いをすると、不思議に雨が降るさけえや。

原話者　田中敏郎
再話者　中野隆夫

話売り

むかし。あるところに、たいくつした人がおったんや。なんか、おもろい話がないかなアと思いながら歩いていると、向こうから、

「はなしー、はなしー、はなしはいらんかァー」

いうて、話売りがやってきたんや。

「はなしがききたい。買いましょう」

いうと、さっそく、話をはじめたんや。

「あんまり、あいそのよい家には泊まるな」

とだけいうて、しまいや。あんまり短いので、

「もう、一文、買いましょう」

というと、こんどは、

「人は信仰が一番大切じゃ。」

そんだけやったんで、もっと長い話を聞こうと思って、もう一文出すと、また短い話なんや。

ほんで、とうとうおこってしまいよった。

　こんな短い話やったら、聞くのやなかったと、後悔しながら歩いているうちに、とうとう日が暮れてしもうた。これは困ったこっちゃ、と思いながら歩いて行くと、向こうの方に、あかりが見えたんや。ホッとして、あそこで泊めてもらおうと、その家まで行ったんや。

「すみませんが、今晩、一晩泊めてもらえまへんか」

いうて頼むと、

「さあ、さあ、どうぞ、お泊まり下さい」

と、その家の主人は、親切に泊めてくれたんや。

　それだけやない。次から次へと、ご馳走を出してくれてな。それは、それは、あいそがよいのや。寝る時になると、奥の別の部屋へつれていってくれて、ええふとんで寝かせてくれるんや。

　しばらく、うとうとしているとな。どこかで、

「うーん、うーん」

と、うなり声が聞こえてくるのや。なんやら気味悪うなって、そっと声のする部屋の方へ近よって、すき間から、部屋のなかをのぞいてみるとな。一人の男が、手足をしばられて、逆さにつり下げられてるのや。そして、男の口や鼻から、血が落ちているんで、びっくりしてな。

　これは、たいへんなことになった。人間の生き血をとるところがあると聞いてはいたんやが、それは、ここに違いないと思うたんや。

その時、ふと、昼間いた話売りの話を思い出したんや。

「あまり、あいそのよい家に泊まるな」

というたが、そのとおりや。早う、ここを逃げ出さんと、たいへんやと思うて、裏口からやっとのことで抜け出したんや。

そして、遠いところまで逃げていくとな、そこに家があったんや。そんで、

「たすけてくれ」

ちゅうて、飛び込んで、頼んだんやがな。すると、家の人は、

「この大きな釜のなかに入りなさい」

と、釜のなかにかくしてくれたんや。

しばらくすると、追っ手が探しにやってきよった。

「この家へ人が一人きたやろ。」

家中を探しまくったので、もう生きた心地がせなんだ。ただ一心に手を合わせて、祈っていたんや。家中を探していた追っ手は、

「この釜が怪しいぞォ」

と、いいだしよった。すると家の人は、

「きょう一日家にいたんやけど、誰もこなんだ。きょうは、みそ豆をたこうと思うて」

と、いうて、大きな釜の下へ、まきをくべ、火をつけるまねをしたんで、追っ手は、やっとあきらめて、出て行きよった。

一心にお祈りをしていたその人は、おかげで助かったんや。
それで、この地方では、みそ豆は、かならず祝うものだというて、今でも、みそ豆がたける
と神だなや、仏だんに供えて、お祝いするのや。

原話者　高村よし

べに差しあゆ

びわ湖の北にそびえ立つ賤ヶ岳《しず》の戦いで、多くの兵士が死んだり、傷ついたりしてな、両軍の兵士たちの流した血が余呉湖《よご》へと流れ込んで、水はまっ赤に染ったんじゃ。

それを見た村人たちは不安と怖しさに身ぶるいをしておると、その、赤く染った余呉湖の水は川を下り、びわ湖へと注いでいってしもうた。

戦いが終わって、あたりの村に静けさが戻ってきたころ、余呉湖の水も川の水も元のようにすんでな。元気に泳ぐ魚の姿が見られるようになったんや。

「さあ、これでわしらの暮らしもようなるわい」

と、漁師たちはこぞって漁に出かけたんや。

ところが、網にかかった魚を見て、驚いた。

「なんやこの魚は?」

「ひやあ!　口の赤いやつばかりやでー。」

「なんで、こないな魚がおるんやッ。」

よお見ると、その魚は、まちがいなく「あゆ」やった。けれど、どの魚も口元が赤う染っておったんや。

「気味悪いが、あゆには変わりない」

「せやけど、毒でも持っておったらいかん！」

と、漁師たちは、赤く染ったあゆをすててしもうた。


次の年も、同じような色や形の魚が網にかかったんや。

それで、村人の間から誰いうともなしに、

「あゆの口元が赤いのは、合戦の時に流れた血を吸うたからや！」

「ほや、ほんで赤う染ってしもうたんや」

と、ささやかれるようになったんや。

「こんなあゆでも、とらんと暮らしがたたんでな……」

と、漁師たちは気味悪がりながらも、赤いあゆをとったもんや。

食うてみると、あゆの味と少しも変わらんのや。そのうち、村人たちのうわさも消えて、いつの頃か、「べに差しあゆ」と呼ばれるようになったんや。

こうして、今では湖北の名産となり、遠近の人々に親しまれているのや。

原話者　平田民造
再話者　野部博子

余呉の羽衣

余呉の湖は、山に囲まれた近江の、その北の山中にある、まるで琵琶湖がこぼした涙のような静かな木立ちに包まれた小さな湖や。

その余呉の湖のほとりに、百姓のかたわら湖の魚を獲って暮らしている三太夫という若者がおった。

秋の取り入れも無事にすんだある日、三太夫は釣竿を肩に湖へ出かけ、さわやかな秋風とやわらかな陽光の中で、のんびりと釣糸を垂れていたんや。

絶好の釣り日和やったが、その日は妙に魚がかからなんだ。

「まあ魚は釣れんでもええ、久しぶりの骨やすめや。」

いっこうに引きのない浮きを見つめているうちに、三太夫は、ついうとうととしてしもうた。

ふと、三太夫が目を覚ますと、いつの間にか、あたり一面鮮かな茜《あかね》色に染まった夕暮れになってしもうてた。

「よおねた。」

三太夫は、大きなあくびをし、のびをしたとき、おやっと思うた。何ともいえんええ匂いが、茜色の中に漂っているのや。

――これは、いったい何の匂いやろう。

三太夫は、どこから漂ってくるのかと、匂いのするほうへ歩いていったんや。

湖に大きくせり出した岩陰をまわると、そこに一本の大きな柳の木が立っていて、枝に誰が脱いだのか、羽毛のように柔かな絹の衣が掛けられてたんや。

思わず三太夫は、その衣に手をのばし、匂いをかいでみた。

――誰のもんやろ。

三太夫は、あたりを見まわしてみると、そこには、若い女が全裸で水あびしていたんや。見かけたことのない美しい女やった。まるで水鳥にでもなったように、楽しそうに水あびしている女の裸身にうっとり見とれておったんや。

やがて女は、水あびをおえて岸に上がってきたんや。すると、柳の枝に掛けておいたはずの衣がなくなっている。そして、自分の衣を持っている三太夫に気づき、

「その衣は、わたしのものでございます。どうかお返し下さい」

と頼んだのや。

「その衣がないと、天国の仲間のところへ帰ることができないのです。」

「ほな、お前は天女なんか。」

「はい。」

天女ならぜひとも、わしの女房にしたいもんや。このような美しい天女と一緒に暮らして、子供をもうけることができたら、どんなに楽しい毎日を送ることができるやろう、と三太夫は思うた。

「わしの嫁になれば衣を返してやらんでもないがのう。」

そういわれて天女は、しかたなくうなづいたんや。

三太夫が天女と暮らすようになって、三年たってしもうた。二人の間には子供も生まれたが、天女はいつも悲しげで笑顔を見せたことはなかったんや。

「お前は、まだあの衣を返してほしいのか。」

「はい。」

「そんなに、天国へ帰りたいのか。」

「はい。」

「それほどわしと暮らすのがいやか。そんなら、いっそあの衣は焼き捨ててしまおうか。」

「そんな……」

「でないと、いつまでもわしの女房になりきれんようやからのう。」

三太夫にそうまでいわれても、天女は、ただ無言で悲しげにわが子を抱きしめるだけやった。貧しいちっぽけな百姓家では、衣を隠し通せる場所などないのに、天女がなんぼ捜しても見つからなんだのや。

ある日のこと、天女の背に負われた子が急に火のついたように泣き出し、どんなにあやしても泣きやまなんだ。

三太夫は、仕事の手を休めて自分の腕の中に抱き取ると、子守唄を口ずさむのやった。

〝坊よ泣くなよ　坊やの母は
　星のお国の天女さま
　坊やの母の羽衣は
　千束千把の藁の下〟

それを聞いた天女は、藁の下に隠してあった羽衣を見つけ、素早く身にまとうと、いっきに晴れわたった秋空に舞い上がっていったのや。

「おうい、おうい。」

わが子を空にかざすようにして呼び戻す三太夫に、天女は何度も何度も涙にぬれた顔でふり返りながら、西の空へ飛び去っていったのや。天女が羽衣を掛けたという柳の木は、今も余呉湖のほとりに立っているということや。

原話者　竹内竹治郎
再話者　渕田良子

屁《へ》売り爺

昔、おもしろい爺がおったそうな。ある時、とても腹が張るので尻を持ち上げると、

「チチン、カイカイ、コガネのサカズキ、チロリン、プー」

と、おかしな屁が出てきたんや。不思議に思うてもう一度尻を持ち上げてみると、やはり屁が、

「チチン、カイカイ、コガネのサカズキ、チロリン、プー。」

なんとも賑やかに、出てくるやないか。これはおもしろい屁や。まだまだ腹も張るし、一人で聞くのももったいないと、町へ売りに出かけたんやそうな。そして、

「えー。鳴り物入りの屁はいらんかー」

と、ふれ歩いたんや。けど、町の人は皆忙しく働いていて、誰も相手にしてくれなんだ。

ところがお城の殿様が、何かおもしろい事はないものかと退屈していたところやったんで、

「これはおもしろい。鳴り物入りの屁とは、一体どんなものか、ひとつ買うてやろう」

というて、爺を部屋に招き入れたんや。そして、ふかふかした座ぶとんに坐らせてな、

「さあさあ、こいてみよ」

と、せきたてたんや。

「へへーッ。」

爺は座ぶとんにはいつくばり、〈殿様の前や、うまいこと出てくれよ〉と腹をさすって、そろりそろそろ尻を持ち上げると、思いきって、うんっと力んだんや。すると、出たぞ！　出た！　出た！

「チチン、カイカイ、コガネのサカズキ、チロリン、プー。」

まるで屁が、爺の尻の回りを踊っているようやった。殿様はたいへんよろこんで、

「みごと！　みごと！　もっとこいてみよ」

と、いわれたそうな。

そこで爺は、腹がぺしゃんこになるまでこきまくったんや。そして、たくさんのほうびを貰うて帰ってきたそうな。

これを聞いた隣の慾ふか爺は、屁で金をもうけるとは、こりゃ造作もないこっちゃと、屁のもとをしこたま腹の中にためこんで、殿様の所へ出かけて行きよった。

そして殿様に、

「遠慮はいらんぞ。こいてみよ」

といわれて、この慾ふか爺は、〈よしッ、この一発で大金持ちになれるわい〉と勢いこんで尻をまくり、ウーンッとこいたんやと。

「ブブーッ！」

いやはや、そのくさいのなんのって！
殿様も、家来衆も、慾ふか爺までも、しばらくは目も鼻も口もあけられなんだそうな。

原話者　白崎金三
再話者　廣部美法

カワウソと狸と兎

むかし、むかし。

カワウソと狸と兎が、山で遊んでおったんや。

そこへ山奥にすんでいるおばはんが、買い物に行って帰ってきはったのや。

そしたら、その三匹がな、あの荷物を取ったろいうて相談しよったんや。

「よっしゃ、取ろ」

いうて、待ちぶせしとったんや。そんなこととしらずに通りかかったおばはんの前に、三匹がわッととび出してきよってな。おばはんがびっくりして腰ぬかしてるうちに、荷物をすっぽり取ってしまいよった。

「なにが入ったるぃッ。」

「豆と塩とゴザや。」

「おっつけ、夜さりになるさけ、これ、みんなで分けよやないか、兎は何がほしい。」

「わしゃ、豆が好きや、豆もらおう。」

「カワウソ、おまえは何もらう。」

「わしか、わしは塩が好きや、塩くれ。」

狸は、

「わしゃ、ゴザにしよう、ゴザがええわ。」

そして、みんながそれぞれに持っていきよった。

兎は、一晩で豆を食べ、カワウソは、一晩で塩を食べて、そして、狸は山にゴザ敷いて寝よったんや。

あくる朝、三匹が寄ってな、

「おい、どやった、ゆんべは」

というて話し合いをしよった。兎は、

「ああ、弱った、弱った。わしは、豆食うて、食うて、口にいっぱいできものができよったんや、痛うて、痛うて、寝られなんだ。」

カワウソは、

「わしゃ、塩が好きで、ねぶってねぶってたら、あんまり塩がかろうて、からだじゅうが塩でしゅん《（しみて）》で、痛うてならん。」

そしたら狸が、

「わしもゆんべは寝られなんだ」

「なんでや」

「ゴザがすべってな。山へ持ってあがって寝ると、ずずーッとすべりよるんや、またまた、持ってあがって、ゴザを敷いて寝ると、ずずーッとすべるのや、一晩中、すべって、すべって、寝られなんだ」

と言うたってェ。

そんな、いらんことしたもんやさかい、みなが弱りよったんや、そやさけえ、悪いことはするもんやないぞよ。

原話者　石原とめ

湖西

石　ちえくらべ

むかし、むかしのことや。

いまはもう、いんようになってしもうたが、湖には、それはぎょうさんのカッパが、住んでたんや。そのなかでも、海津《かいず》におるカッパは、村人や、街道を行く旅人たちに、わるさばっかりしとった。

どんなことや、というとな。カッパは、人間のイキギモが、それは、それは好きでな。

「おっさん、おっさん。すもうとろか。おっさんが勝ったら、わしは、おっさんの言うこと、何でも聞いたる。けんど、わしが勝ったら、おっさんは、わしのもんやで。ええな」

と、いうては、人間とすもうをとってたんや。

「カッパなんかに負けるか。カッパは、頭の皿の水がのうなったら、たおれよるさかい、それまで、じらしてたらええんや」

と、人々は、カッパを甘くみてたんや。

けんどな、カッパは、すもうをとってる間に、しりのアナから、手を入れて、イキギモを取ってしまうんやて。そうするとな、みんな死んでしまうんや。

「困ったこっちゃ。このままでは、どえらいことになる。なんとかして、あのカッパめをこらしめんと。」

村人たちは、よりより集まって相談をしたんや。そのなかで、知恵のはたらく漁師が、

「よっしゃ！　ワシにまかしとけ」

と、いうて、胸をドンとたたいたんや。

次の日のことや。

「オーイ。カッパよーお。いるかー。いたらでてこい。ワシは、お前とすもうがとりたいんや。」

湖の底で、ウトウトと昼寝をしていたカッパは、その声を聞いて、目をさまし、ほくそえんだんや。

「またまた、命知らずの人間が、わしに挑戦してきよったな。あのおっさんも、わしの大好物のイキギモをくれるんやな。そんなら、いっちょう、やるか。」

カッパは、水の底から、いっきにあがってきて、浜で漁師とすもうをとりはじめたんや。

いつものように、ガップリと四つに組んで足をはろたんや。ところが、おっさんもなかなか、すもうがたっしゃや。

「よいしょ」

と、つりあげたんや。

すかさず、カッパは、足をかけたんや。そこでおっさんのつりあげは失敗してしもた。また四つに組んで、始めた。おっさんが、ちょっと力を抜いたとたんに、カッパはおっさんを引き寄せ、右手をソロソロと、おっさんのしりのアナへのばしたんや。

〈やや！　このおやじ、しりのアナがない。これはどうしたことやろ〉

カッパのあわてたこと、あわてたこと。

何回、手をのばしても、アナがない。そうこうしているうちにな、頭の皿の水が、かわいてきて、目がまわりはじめたんや。そこで、おっさん、すかさず、「えい！」と、投げとばしたんや。

カッパは、クルクルと宙を飛び、ドスン、と砂浜へ落ちたんや。

おっさん、のびたカッパを見ながら、

「おい、カッパ。ワシが勝ったんやで。文句はないな。これからは、悪さすることはならん。もし、悪さしたなら、また、お前とすもうを取り、まかしたる。その時は、お前の頭の皿を割って、二度と、ここへ、でてこれんようにするで、そのつもりでおれや！　ええな」

と、いうて、家へ帰っていったんや。

このおっさん、なんでカッパに勝ったんやと思う？　内緒やけど、教えたろか。あのな、しりのアナに、土ビンのフタのつまみを入れてたんや。それでカッパは、イキギモがつかみだせなんだんやてェ。

原話者　古川進
再話者　永谷晶子

だまされ狐

村はずれの一軒家に、しっかり者のおみつと、のんき者の権七の夫婦が住んでおってな。秋祭りに、権七は、山ひとつ越えた隣村へ嫁いでいる娘のところへよばれていくことになったんや。

その前の晩、手土産や権七の晴着の準備やらで忙しいおみつは、

「お前さん、親らしゅうきちんと挨拶をして、よばれるのはほどほどに、おいとましておくれな。」

のんきで底なしの酒好きときている権七の振る舞いが気がかりで、くどいほど釘を差すのやったが、

「うん、うん」

と権七は、頼りない返事をするだけやった。

そんな夫婦のやりとりを、裏の竹籔に棲んでいるいたずら者の古狐が小耳にはさんで、

――それでは権七のご馳走を頂戴するか、と手ぐすね引いておった。

隣の村へよばれにいった権七は、おみつの言いつけどおりに、親らしゅうきちんと挨拶をして、たらふくご馳走になり、帰りには重箱いっぱいの土産をもろうて上気嫌で月夜の道を家路についたのや。

ほろ酔い気分の権七は、峠の頂上でたくさんの提灯《ちょうちん》を連ねた嫁入りの行列に出くわしてな。月の光に照らされた、あまりにきれいな花嫁に、ぼうとなって見とれていると、お供の一人が近付いてきて、

「祝い酒じゃ、受けて下され」

と大きな盃に、なみなみと酒を注《つ》いで権七にすすめたんや。

「そりゃ、めでたいこっちゃ。」

権七は、おし頂くようにして盃の酒を呑み干したがな。

行列は止まり、花嫁も駕籠《かご》から降りてくると、権七に酒をすすめたんや。嫁入道具の立派な桐のたんすの前で、すすめられるまま酒を呑むうち、権七は、すっかり上気嫌で眠り込んでしもうた。

翌朝早く峠を通りかかった村人が、すっかり寝呆けて、桐の大木に抱きついている権七を見て、

「何をしとるんじゃ。」

「花嫁のひざ枕で気嫌ようまうたたねしとる。」

「あほんだら、狐にだまされよって。」

どやされて権七は、ようやく我にかえって、そばにある土産のご馳走を詰めた重箱を見ると、なんと重箱はすっかり空っぽになっていたんや。

権七は帰っておみつにそのことを話し、土産を横取りされた口惜しさに、何としても仇をとりたいと思うておった。

その日の夕方や、おみつが風呂に入っていると、その風呂の窓から見える裏庭のけやきの大木には根っこにぽっかりと洞穴が空いていて、いつもは気味悪いだけなのに、よお見ると、妙なことに、その中で阿弥陀さまがニヤリと笑って、コンと鳴きよった。

夫婦そろうてだまされていたんかと、おみつは、どうにも腹がおさまらなんだ。

次の日、おみつが竹籠を背に草刈りに出かけると、村はずれの地蔵さまが、きょうはお二人も並んでござる。

さては、どちらかが狐の化けた地蔵さまじゃな、と気づいて、おみつは、腰の弁当を開き、おかずの油揚げを供えたんや。

すると片方の地蔵さまの手がのびて、油揚げをぱくりと食うたんで、おみつは素早く背中の竹籠を地蔵さまにすっぽりとかぶせ、

「とうとう捕えてやったぞ、だまされ狐め」

と、にたりと笑うたもんや。

さて、この狐に、どんなお仕置をしようかと、おみつは、考えた末、ほんもののお地蔵さまの前に、竹籠をかぶせた狐を置き去りにして家へ帰って行ってしもうた。

竹籠の中では、舌を出しても、コンと話しかけても、笑いも怒りもせんお地蔵さまに、さすがのいたずら狐も疲れ果てて、とうとうお地蔵さまに許しを乞うたのや。

するとな、にわかに強い風が吹いてきて竹籠が吹き飛び、狐は、ほうほうの体で山の裏へ逃げ去っていったということや。

原話者　前川いく
再話者　前川悦子

おつゆの子守唄

むかし、湖の西がわに、おつゆという女の子がいたんや。

そのおつゆは、幼い時に、はやりやまいで両親をなくしてな。そんで、働かないかんことになったんで、おつゆに同情した隣のおっさんが働き口を探してくれたんや。

そして、おつゆは、隣のおっさんに連れられて、山のふもとにある庄屋さんの家へ行ったんや。

台所で、しばらく待っていると、庄屋さんのおかみさんが出てきて、

「こんど子守にきたというのはあんたか、小さい子やが、子守ができるのかいな」

と、きくんで、ついていってくれた隣のおっさんは、

「きばって働くていうてますさかい、なんとかお願いします」

と、口添えをしてくれたんや。

「お願いします。どんなことでもしんぼうしますさかい。」

おつゆも、それは一生懸命頼んだんで、庄屋さんのおかみさんも、

「そんなにいうなら、あしたからでも来て、うちの子のめんどうみておくれ」

と、いうてくれたんや。おつゆは、

「おおきにありがとうございます。きばって働かしてもらいますさかい」

と、いうて、隣のおっさんと帰っていったんや。

次の日の朝、早うから、おつゆは、庄屋さんの家へ出かけていったけど、子どもは、まだ一歳にもならんので、よう泣いたんや。

子守をしたことがないおつゆは、はじめのうち、勝手がわからず、子どもをよう泣かしては、庄屋さんのおかみさんに、しかられていたもんやった。

けんど、その子どもは、おつゆが子守唄を歌うと、不思議なことに、ピタリと泣きやむようになったんや。

おつゆの歌う子守唄は、やさしゅうて、美しい声やった。

歌をきいた村人たちは、

「かわいそうにな。きっと親たちを思い出して、歌うているに違いないんや」

と、いい合っていたんや。

おつゆが、十四歳になった春のある日。庄屋さんのおかみさんが、

「おつゆ、川のへりのセリが、だいぶ大きなっているじぶんや。それを、このカゴにつんできておくれ」

と、言いつけたんや。

おつゆは、いつものように、子どもを背負い、子守唄を歌いながら、川へやってきたんや。

「わあ、ようけある」

と、いいながら、チョロチョロと流れる川辺へしゃがみながら、セリを摘みはじめたんや。

時間のたつのもわすれて、一生懸命、セリ摘みしたんで、気がついた時には、陽も西の山に沈みかけていたんや。えらいこっちゃ、早よ帰らな叱られる。あわてたおつゆは、ぬかるみへ足を踏み入れたんや。このあたりは湿地帯でな。深いぬかるみや。そやから、そのぬかるみは、おつゆの足をぐいぐいひっぱり込んでいったんや。

「どないしょ。ああ、動けんがな。おっかさん、たすけてェ。」

もがけばもがくほどおつゆのからだは、ぬかるみのなかへのめり込んでいくのや。そして、背中の赤ん坊とともに一気にのまれてしもうた。

そのころ、庄屋さんのうちでは、赤ん坊とおつゆが帰ってこんので心配して、大さわぎしてたんや。

すると、どこからとものう風が吹いてきて、おつゆの、あのやさしゅうて美しい子守唄が聞えてきたんや。

心配していた人々は、その歌声をたどっていったら、ぬかるみへ出たんや。けど、人っ子ひとりいなんだ。そばの柳が風にゆられているだけやった。

いまでも、春が来たら、そこに青々としたセリがそだって、時折、子守唄を歌う美しい声が、どこからとものう聞えてくるという話や。

採集者　永谷晶子

大力の大井子《おいね》

むかし、むかし。

湖の西側、安曇《あど》川のある村に、おいねという器量よしで、力持ちの娘がいたんや。

ある日のこと。

おいねは、台所の水が減ったんで、水ガメに入れる水をくみに、川へやってきたんや。

その日は、たいそうのどかな日和やった。

水をくみおえたおいねが、水おけをかかえて、もと来た道を帰ってくると、見たこともない旅の男が、馬に乗ってやってきたんや。

その男は、おいねがあまりにも美しい娘やったんで、ヒョイと馬から飛びおりてな、おいねの腕を、ムンズとつかんだんや。けど、おいねは、おどろきもせんと男の手をそのまま脇にはさんで、しらん顔で歩いていったんや。

男はあわてて、手を引きぬこうとしたんやけんど、おいねの力がたいそう強いので、グイグイ、引きづられて、とうとうおいねの家に入ってしもうた。

「かんにんしてくれい。お前さんが、あんまり美しいので、つい手を出したんじゃ。どうか、かんにんしてくれい。」

男はなんどもなんども頭を下げて、自分のわるさを心からあやまったんや。

おいねは、水おけを足もとにおくと、前かけで手をぬぐい、

「あんたはどういうおひとかの」

と、たずねたんや。

「わしは、越前の国の者で、宮中で力くらべがあるので、召されて都へ行くところじゃ」

と、言うので、おいねは、

「ほう、それでは旅の途中かいな。わたしのみたところ、今のあんたの力では、なんともたよりない。その日まで、この家にいて、力のつくように、けいこしてみてはどうやろ、これもなんかのご縁と思うて……」

「なるほど、お前さんの言う通りだ。では、お言葉に甘えて、おらせてもらうとしよう。」

男は、おいねの家にしばらくとまることになったんや。そして、その夜から、おいねは、おこわでおむすびをつくったり、おかずもいろいろとりそろえて、力のつくよう、かいがいしく世話をしたそうな。

男も、朝は早くから田畑をたがやし、昼間は、おいねが相手になって、すもうのけいこにはげんだんや。

はじめのうちは、少ししか食べなんだ男も、六日たち、七日たつうちに、食欲もすすみ、米

俵を軽々とかつぎあげるほどに力がついて、たくましゅうなったんや。

「よし、これでええ」

と、思うたおいねは、男に、

「そんなら、いっときも早う、都へのぼりなされ。がんばって、勝ってきて下されや」

と、はげまし、身仕度を整えて送り出したのや。

「たいそう世話になった。ありがとう。」

男は、心から礼を言い、馬にまたがると、ふりかえり、ふりかえり、別れをおしみながら出発したんや。来たときとは、くらべものにならないくらい、たくましい姿になっておったそうな。

都についた男は、つぎからつぎへと、たくましい男たちと力をきそいあったが、どの力くらべにも勝ってな、たくさんのほうびをもらったということや。

原話者　平井英太郎
再話者　犬井道子

おこと狐

むかし、安曇川《あどがわ》の太田の在所におことという娘がおった。あるとき縁あって、青柳というところへ嫁入りして来たんや。

何日かが、あっという間に過ぎて、青柳のくらしにも少しはなれてきたおことが、ほっとしているると、むこさんが、

「おことや、お前も親もとをはなれてきて淋しいこともあったやろに、ようしんぼうしてくれたなあ。ここらで一ぺん、親もとへ里がえりしてきたらどうや」

と言うので、おことは、

「ありがとうございます。なるべく早う戻って来ますけえ」

と、喜んで、直ぐに、太田の在所へ帰ることにしたんや。

その頃、村から村への道は、そらあ、淋しいところでな、両側は、長い竹やぶが続いておって、昼間でも暗かった。おことが通る馬通しという道も、そういうところやったんや。

仕たくが出来ると、おことは、早う帰りたい一心で馬通しへと急いだのやったが、その頃に

は、もう日は暮れかけて雨が降りはじめたんや。おことは、ひとりで歩いていることも忘れて、竹やぶの道に入って行ったんやが、行く手もはっきり見えんような、うす暗い竹やぶの奥に来ると、さすがに気味悪うなってきて、一目散に走ったんや。

竹やぶでは、ちょうど子狐が二匹遊んでいたんやが、おことはそれに気づかなんだ。雨がひどうなって、蛇の目傘をひろげた時、傘のバネがはじけるようにピンと鳴って、静かな竹やぶ中にかん高う響《ひび》いた。おことは一瞬ギクッとしたけど、遊んでいた二匹の子狐は、もっとびっくりして、後へ頭からひっくり返って、そのまま気を失うてしもたんや。

おことはそんな事は何も知らんと、早う竹やぶを通り抜けたいもんと夢中で走った。どんどん走って走って、もう息が切れそうになった。けんど不思議なことに、いくら走っても竹やぶから出られんのや。それに、どこをどう通っているのかも判《わか》らんのや。

「おとうさん、おかあさん、助けて下され、私はどうなるんや……」

と、叫びながらおことは、もうくたくたになって、とうとうその場に倒れてしもたんや。そして、ひと晩中そのまますぎたんや。

あくる日、むこさんはおことが、まだ親もとに着いていないことを知ってびっくりした。里の親はそれ以上に心配してな。早速、村の人たちに頼んで、馬通しのやぶ道を探しまわったんや。しかし、おことらしい姿は見当たらなんだ。

夜になって、村の人たちは提燈《ちょうちん》をつけて、太鼓《たいこ》やかねをたたきながら、

「おことや帰れ、どんどこどん。おことを返せ、どんどこどん」

と、大声で探したもんや。

　こうして何日たったんやろ。ある日、むこさんはやぶの中で黒い影がうろうろしているのに気がつき、もしやおことではないかと思うて、むこさんは、

「それっ、みんな、あの影を逃さんようにな、頼むでッ」

と、ふりしぼるような声で言うたんや。そして、村人たちといっしょに近づいてみると、その影はやはりおことやった。

　おことは、青い顔で、髪は乱れっぱなし、着物はぼろぼろや。むこさんが、

「おこと、おこと」

と、おことの体をゆすって呼んでも、おことは、ただうつろな眼を向けるだけで、何も判らん様子やった。むこさんは、急いでおことを家へ連れて帰り、あれこれと手当てしてやった。

　すると、ようやくおことの顔にも赤味がさしてきた。

「おこと、おこと、わしが判るか」

とむこさんが話しかけると、おことは、そっと目を開けて、なつかしそうにむこさんを見上げて、そして、かすかにうなずいたんや。

　むこさんも両親もやっとひと安心したんやが、村の人たちは、

「おことはんは、やっぱり狐に仕返しされたんやで。何でか知らんが……、こわいことや」

「そうや、狐の執念はこわいもんやで」

と、話し合うたもんやった。

こんなことがあってから、馬通しの道は、昼間でも多ぜいでないと通らんのやと。

原話者　中村重雄
再話者　太田寧子

へそを取られた雷

ゴロ兵衛さんは、ものぐさな男やった。

野良仕事は女房のおたねにまかせきりで、朝からごろりと寝転んで一日過すんや。それでも飯どきにはちゃんと起きてきよる。

「仕事はせんでも腹はすくんけ。」

おたねの悪態《あくたい》も、平気で飯を食うゴロ兵衛さんには通じんかった。おかげで家の中は火の車やったが、おたねは諦めておった。

真夏の昼下がり、もくもくと湧き上がった入道雲の上では、雷がきょうも暴《あば》れてやるぞ、とピカリ、ピカリ稲妻《いなづま》を走らせながら手ぐすねを引きはじめていたんや。裏庭の柿の木蔭で昼寝をしてい

たゴロ兵衛さんは、

——早よう家の中に入らんことには、夕立ちにあうな。

と思ったものの、そこは根っからのものぐさだけに、

——どうせ褌《ふんどし》ひとつの裸や、行水《ぎょうずい》がわりと思えばええわい。

と横着をきめ込んでいたんや。

そのうちにみるみる雷雲《かみなりぐも》が拡がって、あたりがうす暗うなって、風が吹き出してきたんで、

「あんた、いつまでもそんなとこで寝てると、大事なへそを雷に取られてしまうがな。」

あわてて女房のおたねが呼びにきたんや。

「きのうとおとついの夕立ちで、もう五人が取られたということやで。」

「そりゃ、えらいこっちゃ。」

ようやく腰を上げる気になったゴロ兵衛さんは、自分の腹にぽっこりと盛り上がっている特別大きいへそを撫ぜながら、

——このへそ、ほんとうは取って貰いたいんやがな。

と思うておった。やがて、耳をつんざく大きな雷の音と稲妻がして、大夕立ちになったんで、

「子供たちは、どうした。」

ゴロ兵衛さんは、さきほどから姿の見えない三人の子供たちのことが、にわかに気がかりになってきたんや。

「お宮の所で遊んでいたさけ、木蔭で隠れているのやろ。」

「えらいこっちゃ、あそこは一番よう雷の落ちよる場所やが。」

しばらくすると夕立ちは通り過ぎて、それがうそやったかのように、また夏の暑い日差しが照りつけてきたんや。そこへゴロ兵衛さんの三人の子供たちが、泣きべそをかきながら帰ってきよった。それがみんな両手でしっかりと腹を押えていた。

「どないしたんや。」

一番年上の男の子が、泣きじゃくりながら、着物の裾をそっとまくって見せよった。大事なへそがない。まるで蛙のような、のっぺりとした腹になっておった。次の子も、その次の子も、へそがなくなっておった。

「雷に取られてしもうたわい。」

「そうか、ほな、わしが、きっと取り戻してやる。もう泣かんでもええ。」

ゴロ兵衛さんは、泣きじゃくっている子供たちの頭を撫ぜてやりながら、

――寝てばかりはおられんようになったぞ。

と心を決めるのやった。

翌朝、まだ日が昇らんうちから起き出したゴロ兵衛さんは、納屋にこもったきりで、何やら一生懸命に作りはじめたのや。女房のおたねが朝飯の用意ができたと呼びにきたが、

「いらん」

というたまま、ふり向きもせんかった。

ゴロ兵衛さんが、やっとの思いで作り上げたものを、大事そうに両手でかかえて納屋から姿

を現わしたのは、正午を過ぎてからやった。それは銅で編んだ大きな籠やった。

「これで雷を生け捕りにしてやるさけな。」

ゴロ兵衛さんは、しょんぼりと元気のない子供たちに、意気込んでいうのやった。

夕立ち三日というように、その日も昼下がりになると、また入道雲が湧きはじめ、雷が鳴りだして、それがだんだん拡がってきたんや。

ゴロ兵衛さんは、自分で編んだ大きな銅の籠をかかえて、村の北はずれにあるお宮の森へ出かけて行って、雷の落ちてきそうな、ひときわ高い杉の根に銅の籠を隠すと、自分は褌ひとつの裸姿になって土の上にごろりと仰向けに寝転んだ。そして自分の腹の上に盛り上がっている特別大きいへそを撫ぜながら、雷の落ちてくるのを今かいまかと待ちかまえておったんや。

雲の上では、雷が下界のへそを捜して走りまわっておったもんやさけえ、ある、ある、特大のへそが……と、雷は、喜びいさんで飛び降りたがな。

ピカッ、ゴロゴロ、ドッシャーン。

へそを取ったと思った途端やった。

「この暴れ雷めッ、とうとう生け捕りにしてやったわい。」

雷の音より大きな声がして、すっぽりと銅の籠をかぶせたんや。

「どうか命ばかりは、お助けを。」

雷は、籠の中で、仁王立ちのゴロ兵衛さんに手を合わせ、たのむのや。

「助けてほしければ、今までに取ったへそを全部返すこっちゃな。」

「おっしゃるとおりにいたします。」

雷は腰に下げていた革袋を差し出すんで、袋のくちをひらくと、袋の中には、へそがいっぱい入っておった。

「もう一つ頼みをきいて貰おうか。」

「はい、何なりと。」

「わしのへそと、お前のへそを取りかえてくれ。」

ゴロ兵衛さんの特別大きいへそを見て、雷は、

「そのへそばかりは」

と、尻ごみしたんで、

「いやなら籠から出してやらん。」

「でも、人間のへそをつけていたんでは、仲間はずれにされます。」

「そんなら虎の皮の褌《ふんどし》で隠せばええが。」

「それは、そやけど。」

しぶりつづけた雷も、籠から出たくないんならええ、とつき放されて、しぶしぶへそを取りかえたんや。ゴロ兵衛さんは、雷と取りかえたへそを気持ちよさそうに撫ぜながら、

「今度落ちたら勘忍せんぞ。」

雷をひと睨みして逃がしてやった。

おかげでゴロ兵衛さんの三人の子供をはじめ、へそを取られた村人たちも、元どおりの腹に

戻ることができた、とさ。
それ以来、安曇川町上小川には、雷が落ちないということや。

原話者　渕田与惣右衛門
再話者　渕田良子

蛙の嫁さん

ずーっとむかしのことや。ある村に、ひとりぐらしの男がおって、美しい嫁がほしいもんやといっつも思うておったそうな。

ある晩のことやった。外はしとしとと雨がふっていたんや。

「とん、とん、とん」

と戸をたたく音がするので、男は今頃誰やろうと、不思議に思いながら戸をあけたんや。

するとそこには、今まで見たこともない美しい娘がおってこういうた。

「すんまへんけど道に迷うて困ってます。ひと晩でええさかい泊めてもらえまへんか。」

「そりゃ気の毒にな。あばら家やけんど、泊まってゆきなされ。」

男はそういうて、泊めてやったんや。そやけど、あくる日になっても、娘はいっこうに帰る様子もないのや。

「あのう、すんまへん。わたしはほんまは行くとこがあらへんのです。あんたはんの嫁さんにしてもらえまへんやろか」

と頼むもんで、男は願ってもないと喜んで、娘を嫁にして仲よう暮らすようになったんや。

ところが、この嫁は雨の日が好きでな。

あるどしゃ降りの夕立がした時やった。きつい雨足を、窓を細目にあけて見とれておった嫁がな、そのうち、そわそわしだして、

「すんまへんけど、いっぺん親元へ帰らしてくだされ」

と頼むんや。男は、

「こんなどしゃ降りの日に帰らんでもええがな」

と引きとめたんやけど、嫁さんは妙に帰りたがるので、しかたのう許してやったんや。

嫁さんは、小踊りしてな、戸口をあけるとポンと飛びだしたんや。

ところがな、そのひょうしに嫁さんは、一匹のカエルになって、ピョコタン、ピョコタンと、どっかへ行ってしもうたんや。

男はそれを見て、ほんまにびっくりしてしもうた。今まで美しい嫁やとよろこんでいたのに、ずーと蛙と一緒に暮らしてたんかと思うと、あほらしいやらくやしいやら、何ともたまらん。

男はなんぞやっつける方法はないもんかと、頭をひねって考えたんや。そして、すまして帰って来た嫁さんに、熱い湯をたらいにいっぱいくんでやってな、

「おかえり。疲れたやろう。はよ、湯をつこうて休んだらええわ」

と、えろう優しい声ですすめたんや。けんど、嫁さんは嫌がってなかなか湯をつかおうとはせん。男は、むりやり嫁さんをたらいの中に押しこんだんや。

あっというまに嫁さんは、ちいそうなってしもうて、たらいの中には一匹の蛙が、白いふくれた腹を見せて死んでたんや。
それから男は、またひとりでひっそりと暮らしたそうや。

採集者　玉木京
再話者　上川昭子

サルと蛙の餅つき

むかし、むかし、そのむかし。

サルが、たんぼ道を歩いていたら、あま蛙がおったんやてェ。

サルがあま蛙に、

「いっぺん餅をついて、ふたりで食べよやないか」

ちゅうと、あま蛙は、

「それもよかろう」

ちゅうて、さっそく、ふたりはお米をむしたんやて。お米がむしあがったら、サルが、

「山の上に持っていってつこやないか。」

「よっしゃ、そうしよ。」

二匹は、山の上で餅つきすることになったんやてェ。サルが、あま蛙に、

「おまえは小さいさけ、お米のむしたのをおうて上がれ。わしは、大きいで、うすときねをおうて上がる」

ちゅうて、ふたりがおうて上がったんやてェ。

ペッタンコ、ペッタンコ、ペッタンコ、餅をついたんや。ほして、つきおわったら、サルが、

「この餅をうすなり下へおとして、餅を拾ったもんが食べるのにしよう」

「そうしよう」

ちゅうことになってな。そこで、一、二、三と下までおとしたんや。

サルは、うすにつかまって一しょにおりたんや。ところが、サルが下におりて、うすの中をみたら餅がない。びっくりして、サルは、うすのおちたところを上がって行ったんやてェ。

一方、あま蛙は、ぴょこたん、ぴょこたんと下へおりてきたら、餅が木にぶらさがっていたので、

「これは、ごちそうや」

ちゅうて、食べていたんや。そこへサルが上がってきて、餅をうまそうに食べているあま蛙を見つけたんや。そんで、

「一口すけてしんぜようか、おまえだけでは、はらをこわすぞ。」

「かまわんでくれ、これはうまい、うまい。」

あま蛙は、全部食べてしまいよったんやてェ。

サルは、うすと一しょに落ちてしもたさけ、おしりは、まっ赤にむけたんや。そんで、今でも、サルのおしりは、赤いんやてェ。

原話者　上山その
再話者　上山睦子

三本の針

むかし、むかし。山のふもとになあ、やさしい母子が住んでたんや。

山の木の葉もみな落ちて、柿の実が赤うなったころ、母親が子供に、

「この柿を、山の向こうのおばあさんのところへ、持っていっておくれ」

と言うたんやて。

子どもは柿の実が一ぱい入ったかごをせたろうて《背負うて》、山道をどんどん歩いて行ったんや。

おばあさんの家は遠うて遠うて、歩いても歩いても、なかなか行きつけなんだ。やっとのことで山にたどりつくと、日が暮れてしまい、

「さあ、困った、どうしたらよいやろ」

と思うていると、向こうの岩の上に粗末な小屋が見えたんで、子どもは小屋へ行き、なんべんもなんべんも戸をたたいたのや。

「あけておくれ。あけておくれ！」

しばらくすると、やっと中から、

「あけてはいれ」

と、しわがれ声がするんで、中へ入ってみると、白髪のばあさんが糸車をまわしておった。

子どもはおそるおそる、

「一晩とめてもらえまへんか」

とたのむと、ばあさんは、

「まあ、上がって火にあたれ」

と、ゆっくりというんで、子どもは、ほっとして、火のそばへ行くと、ばあさんはいろりのなべから熱いかゆをわんに入れて、

「はらがすいたやろ、これをくえや」

と、前においてくれたんや。はらがペコペコやった子どもは、大よろこびでいそいでわんのかゆをすすると、ばあさんは、目を細うしてながめながら、

「あとは、ゆっくりねろ」

というてくれたんで、くたびれていた子どもは、安心してねたんや。

あくる朝、

「これからどこへいくんや」

と、ばあさんがたずねたんで、子どもは、

「山の向こうのおばあさんのところへ、この柿を持っていくんや」

と言うた。

「やめとけ、この山へ入ってもどって来たもんは、ひとりもない。はよう家へもどったほうがええ。」

「いや、どうしても行かんならんのや。」

するとばあさんはちょっと考えていたが、

「ほんならしかたがない。この針を三本やるさけえ、困った時はこの針をなげて、たのむとええ」

と、小さな針を三本くれたんや。そこで子どもは、その三本の針を持って、山へ登って行ったんや。

しばらく行くと、何やら後から走ってくるように思えてな。ひょいと振り返って見たら、いかい《大きい》魔ものが、どんどん追いかけて来るんや。もう今にも追いつきそうや。

子どもはびっくりして、一本目の針を投げてたのんだ。

「いかい川になれえ。いかい川になれえ！」

すると、魔ものの前に、いかい川がゴウーと流れ出した。

ところがや。その魔ものは平気で川をどんどん渡ってくるんや。

「またんかー。またんかあー。」

子どもは必死で走りながら、二本目の針を投げて、またたのんだ。

「いかい山になれえ。いかい山になれえー。」

またまた、魔ものの前には、いかい山がにょっきりと現われたがな。子どもは、

「今のうちや」

と一生懸命に走ったんやけんど、魔ものはいかい山を登って、まだまだ追いかけてくるんや。子どもはもう生きた心地もせなんだ。こんどは、三本目の針を投げて、

「針の山になれえ。針の山になれえ」

とたのんでみたら、いかい針の山が、にゅうと、魔ものの前に突き出たんや。

　またしても、魔ものはこの針の山を、

「まてえ、まてえ」

といいながら、血だらけになってかけ登り、かけ降りてくるんや。

　子どもはもう頼む針もないし、〈息の切れるまで、倒れるまで走るよりない〉と思うてな、一心に走りに走ったんや。

　ほんなら、そばが一ぱい生えたところへ来て、目の前に松ぼっくりがいっぱいなった松の大木がそびえているやないか。

　これさいわいと、子どもはその木に登って魔ものを見てたら、手や足から赤い血を流しながら、魔ものはへとへとになって、やって来よる。

　子どもは、松ぼっくりをちぎると、力いっぱい魔ものに向うて投げつけたんや。

　すると、木の下まで来た魔ものは、力つきたのかばったりたおれて、投げた松ぼっくりに、埋ってしもうたんや。

　やれやれと木からおりた子どもは、一目散に走って、おばあさんのところへ柿をとどけるこ

とが出来たんや。

それからというもの、そばの生えている松の大木のあたりには、毎年そばの花が一面に咲くようになったんやて。

また、そばの茎が赤いのは、あの魔ものの血をそばが吸うたさかい、赤う染ったんやということや。

採集者　玉木京
再話者　清川貞治

クネンボ（九年母）

むかし、むかしのことや。

ある家の丁稚《でっち》がおかみさんに呼ばれて、お使いを頼まれたんや。

「いつも、やっかいになっている家やから、ようお礼いうんやで」

と、おかみさんから風呂敷包みを渡された丁稚は、預かった包みを大事にかかえてその家に行き、そこのおかみさんに包みを渡すと、おかみさんは、

「ええもんもろうておおきに。帰ったら、ご主人によろしゅうお礼いうてくだされ。これ、クネンボでっさかいに持って帰っておくれ。おうちのご主人の好きなもんやさかい」

と、丁稚にクネンボの入った包みを渡さはったんやてェ。

丁稚は、喜んで包みを持って帰ったけど、歩いているうちに包みの中から、おいしそうなにおいがぷんぷんしてきたんや。包みも重たいし、ちょっとひと休みしたんや。丁稚は、包みの中が気になってしょうがない。

「クネンボってどげな《（どんな）》物か、ちょっと見てみたろ。」

丁稚はそっと包みを開けてみたら、ミカンより少し大きめの、だいだいに似た果物が九《ここの》つ入っていたんや。

「ははあん。これは九つあるさかいに九《ク》ネンボていうんやな。どんな味がするのやろ。」

クネンボを見ているうちに、食べとうなってな、そこで、ひとつぐらい食べたかてわからへんやろと思うて、それをひとつむいて食べたんや。

家に帰ると、

「行ってきました。これ、ご主人が好きやさかいとハチネンボくれはった」

と、おかみさんに包みを渡したんや。

「ハチネンボ？　なんやろ……」

おかみさんはふしぎに思うて、包みをあけて見ると九年母《くねんぼ》が入っていたんや。

「なんや、これクネンボやないか。ええもんもろうてきたわ」

と、おかみさんがいうたんで丁稚は、びっくりして、

「ひゃあ、やっぱりわかってしもうた。ほんまは九つあったけど、わてが途中でひとつ食《く》うて

しもうたんや」
と、頭をかいてあやまったんやとさ。

原話者　釈迦敏
再話者　西本育子

蛇の泣く池

むかし、比良山の麓に与助という若者がおった。

与助は、朝早うから夕方遅くまで山で杉や桧の枝打ちをして、暮らしを立てていたんや。働き者やったが、暮らしは貧しかった。

もう長い間、病床に臥《ふせ》っている母親のために薬を煎《せん》じ、食事のしたくをすませてから山に行く毎日やった。

ある日の夕方、仕事を終えて与助が山を下りる途中、道端で若い女が苦しそうにうずくまっているのに出合うた。

「どうしたんや。」

与助は抱き起こして、背中を撫ぜてやると、

「にわかに、さし込みがきて。」

女は、やっとの思いで、それだけいうと、助け起こされた安心で、与助の腕の中に崩れるようにして気を失ってしもうた。

十七か八やろうか、色白でととのった目鼻立ちは、どことのう気品があってな。与助は、自分の腕の中でぐったりとしている女の、その美しい顔に見とれておった。

与助は、女を背中に負ぶって、夕闇の立ちこめた山道を急いで家に向こうた。背中でまだ気を失ったままの女は、死んでしもうたのかと思うほど冷たい体やったが、与助の体温を吸い取るようにして、次第に温《ぬく》くなっていくようやった。

家にたどりついた与助は、女を夜具に横たえて、ひと晩中、看病をつづけたんや。

死んだように身じろぎひとつしない女を見ているうち、

——この女が、わしの嫁になってくれたらええがな。

与助は、そう思いつづけておった。

明け方近くになると、どうやら女の顔に血の気がさしてきたんで、与助は、ようよう眠りについたんや。

与助がめざめたときには、もう夜具はたたんで部屋の片隅に置いてあって、女の姿は見えなんだ。

「おっかあ、昨夜《ゆんべ》の女は、どこかへ行ってしもうたのか。」

与助は隣室で臥っている母親にたずねみたんや。

「どこへも行っとらん。ほれ、朝餉《あさげ》のしたくをしてくれているが。」

かまどの煙の向こうでは、すっかり元気になった女がもうこの家の主婦のように甲斐々々しく働いてるやないか。

そんなわけで、与助と女は夫婦になったんや。

女は、さよという名やった。

与助が山仕事に出かけた留守は、病人の看護や家事を切り盛りして忙しく働き、ときには与助に従って山の仕事まで手伝ってくれるさよに、与助は満足しておった。

そのうち、さよは、奇妙なふるまいをするようになったんや。

夜、みんなが寝静まった頃になると、そっと家を抜け出して、姿を消すようになったんや。

それは、きまって毎月七日の夜やった。

夜が明けるまでは戻ってくるのやったが、どこで手に入れてくるのか、さよは、珍しい模様の組紐《くみひも》を持って帰ってきては、翌日、その紐を売りに出かけるのや。

紐は、高い値段で飛ぶように売れたんや。おかげで一家は、どうやら人並みの暮らしが送れるようになってな。二人の間には男の子まで生まれて、幸せな毎日をすごしていたんやけんど、与助は、夜になると、そっと家を抜け出すさよのことが気になってならなんだ。

「いったい、どこへ行くんや」

とたずねても、

「どんなことがあっても、後をつけたりしないで下され。もし願いを聞いて下さらんときは、お別れしなくてはならなくなりますから」

と答えるだけで、さよは、決して行き先を明かそうとはせなんだ。

さよのいうままにしていた与助やったが、そのうち、どこへ何をしに行くのか、無性に知りたくなってな、ある夜、とうとう後をつけてみることにしたんや。

その夜も、みんなが寝静まるのを待って、さよは、そっと夜具を抜け出ると、裏の木戸をくぐって山のほうへ向かっていったんや。与助は、気づかれぬように足音を忍ばせ、さよの後をつけていったもんや。そうとはしらんとさよは、軽やかな足どりで山道を上がっていくのや。

山の中腹にある池の手前まできたとき、ざざっと妙な音がして、不思議なことに、さよの姿がふっと消えてしもうたのや。

――はて、どこへ行ったのやろう。

さよの姿が消えたあたりで、与助は、周囲を見まわしてみると、木立ちの向こうの岸辺で、何やら物音が聞えるのや。与助は、そっと覗いてみて、思わず、あっ、と叫び声をあげたんや。それもそのはずや、そこには、大蛇になったさよが、水辺に生い茂った小草で一心に紐を編んでいたさけや。

与助の叫び声を耳にして、自分の本性を見られてしまったことに気づいたさよは、

「あれほどまでに後をつけて下さるな、と申しましたに。」

悲しそうな顔になると、池の上を泳いで遠去かってしもうた。

「さよ、お前のいいつけにそむいたわしが悪かった。許してくれ。」

与助は、謝って呼び戻したが、さよは、悲しげに首を横にふるだけやった。

「本性を見られたからは、あなたの元へ帰ることはできません。山で働くあなたの姿にひかれて、わずかな年月ながら、あなたと一緒に暮らすことができ、わたしは幸せでした。もし、子

供がむずかったら、これをしゃぶらせてやって下され。」

そういうと、さよは、自分の片方の目玉をくり抜いて与助に渡し、そのまま池の底に沈んでいったのや。

与助は、子供が泣くと、さよがくれた目玉をしゃぶらせたんや。目玉は、そのたびに小さくなって、とうとうなくなってしもうた。

男の子は、もっとほしいとむずかったが、

「もう一つ貰えば、お前のおっかあは、何も見えんようになる。しんぼうしな。」

与助は、そういってなだめたが、男の子は泣きやまなんだ。

途方にくれた与助は、男の子を抱いて池へいってみると、むずかりつづける泣き声に、池の中からさよが姿を現わしたんや。さよは、残っているもう片方の目玉を取り出すと、

「これも、しゃぶらせてやって下され」

といって与助に渡すのやった。

「それでは、もうこの子の顔も見えんやないか。」

「そのかわり毎月七日の夜には、ここへ、この子を連れてきて、せめて声なりと聞かせて下され。」

そういうと目玉がなくなって、洞穴《ほらあな》のようにぽっかりとくぼんでしまった両目に、いっぱい涙を浮かべながら、さよはふり返り、ふり返り、池の底に姿を消していくのやった。

それから毎月七日の夜に、与助は、さよとの間に生まれた男の子を抱いて池のほとりにいっ

たんや。すると、池はにわかに波立ち、子を思うてすすり泣くさよの声が、池の底から聞えてくるのやった。

与助が、よう見えるようにと、子供を抱いて立ったという小女郎ヶ池の水辺の岩には、そのためにすりへった与助の足形が、今も残っているというし、子を思う蛇の泣き声が聞えてくるということや。

原話者　西秋樟子
再話者　渕田良子

比良の八荒

むかし、比良山のふもとの、湖に近いお寺にのう、日夜修業に励むひとりの若い僧がいたんじゃ。

どういう縁か、東江州に住む娘がこの若い僧を好きになってのう。家の者の目を盗んで湖にタライの舟をだし、それに乗って寺までやってきて、若い僧のまえに手をつき、

「どうかわたしをあなたの嫁さんにしてくだされ」

とたのむんや。若い僧は断わったんじゃが、女はききいれてくれん。そこでな、若い僧はこういうたんじゃ。

「それほどまでに思うなら、これから百夜、湖を渡って通《かよ》ってきなされ。百夜通ったあかつきには、望

みどおりそなたを妻に迎えよう」

とな。

娘はよろこんでのう。それからというもの、雪が降っていても、雨や風が強うても、毎晩タライの舟に乗って通いつづけたんじゃ。そしてのう、とうとうもう一夜で満願の百夜になるという九十九日目の夜を迎えての。もう一夜、もう一夜と言いながら、沖へ向かってタライの舟をこいでいったんじゃ。

いっぽう若い僧のほうはというと、百夜もよおつづけんと思うてした約束やのに、娘はくじけず、あと一夜で百夜になってしもうた、はじめから嫁にする気はなかったもんやさけえ、こりゃぁ困ったことになったわいと嘆いておった。

そこで考えついたのは白鬚《しらひげ》明神《みょうじん》の灯籠《とうろう》の火を消すことじゃった。というのは、娘がその火をたよりにやって来るのを知っていたからじゃ。若い僧はじゃけんにもその火を消してしもうた。

困ったのは娘のほうじゃ。せっかくタライの舟に乗ってやってきたのに、灯台がわりにしてた白鬚明神の火が見えん。しかも、その夜は、湖が荒れていてのう、タライの舟はゆれにゆれて、浮いているのも不思議なくらいじゃ。

「どないしよう。どないしよう」

と娘が思うてるうちに、強い風の渦に巻きこまれて、あっというまに湖の底へ沈んでしもうた。

それからじゃ。娘が無念のうちにいのちを落とした季節が来ると、湖も山も大荒れに荒れるようになったんは。
それをひとびとはいつのころからか、比良の八荒と呼ぶようになったということじゃ。

原話者　田中誠三
再話者　中野隆夫

源じいさんと千両箱

むかし、近江の和邇《わに》に、源右衛門というじいさんが住んでいたんやてェ。源じいさんはいつも子守りをしていたんやが、子守りは忘れても酒は忘れんというくらい、酒好きで、酒が入るといつも上機嫌で里唄を歌うのやった。

さて、その日も、酒を飲んで上機嫌の源じいさんは、月の出を待って、なおも酒徳利を手に、唄を歌いながら、和邇川を東へ向かい、琵琶湖の浜へきたんや。そして、いつもの通り、打ち上げられた破れ舟のなかで、月を見ながら、ちびりちびり酒を飲み、あまり気持ちがええので、うとうと眠ってしもうた。

なん刻《どき》たったやろか、源じいさんは、寒いなぁ、と思うて目を覚ますと、いつのまにやら大風が吹いて、雨も降りだしていたんや。

「こりゃいかん。」

源じいさんは、あわてて酒徳利を持ち、家に帰ろうとすると、沖の方から、人を呼ぶような声が聞えてくるんや。

源じいさんは、なんやろ？　と思うて、目をさらのようにしてよう見ると、波の上に動くもんがある。

「おーい、助けてくれーェ！」

人間やった。

「よおーしッ、助けてやるぞォ！」

源じいさんはだいじな酒徳利を放りだし、近くにつないである小舟に飛び乗って、一生懸命櫓《ろ》をこいだんや。

やがて、源じいさんが助けたのは、ひとりの立派なお侍《さむらい》やった。源じいさんは、お侍の刀をだいじに着物でくるんで置くと、早速わらや枯れ枝を集めて焚《た》き火をし、気を失うてるお侍をあたためたんや。早よう気がつくように、と祈りもってな……。

源じいさんの祈りが通じたのか、お侍は気がついて、

「ここはどこじゃ」

と、聞くのや。

「へェ、近江の和邇で……」

「左様か……」

と、お侍はいうて、また気を失うてしもうた。

雨と風のなかにお侍を捨ててもおけず、源じいさんはちからをふりしぼって、重いお侍を背中に負うと、苦労して家まで連れて帰ったのや。

そして介抱したかいがあって、お侍は元気になったんや。

「もう、だいじょうぶでございますよ」

と、源じいさんがいうと、

「かたじけない、すまぬのォ。」

「ところで、お侍さんは、いったい、どこへ行って来なさったのかいのォ。」

思い切って源じいさんが聞いたのや。すると、お侍は、静かな声でこういうのやった。

「わたしは上皇の命《めい》により、白鬚《しらひげ》神社へ長寿祈願にきたところ、嵐に遭うて、いま少しで命を落すところじゃった。この刀も、さる高貴な方から頂いたものじゃ。この恩、一生忘れぬぞ。」

このくらい元気になったら大丈夫や、と源じいさんはほっとした。そのとたんに、浜に忘れてきた酒徳利のことを思いだしたんや。

「忘れてきたものがおますんで……」

お侍にことわって、源じいさんは浜に向かい、酒徳利を持ってもどってくると、またちびりちびりやりだしたんや。そしてな、気分がようなったところで、いつも歌うてる好きな唄を歌いだしたんや。

「高い山からヨ、谷底見れば――ネ
瓜《うり》やなすびの、花ざかりヨ
あれは、チョイチョイチョイ
これは、チョイチョイチョイ」

歌うていて源じいさんは、おやッとおもうた。自分の歌うている唄をお侍も歌うてるさけえや。源じいさんが、

「高い山からヨ、谷底見れば――ネ」

と歌うとお侍も、

「瓜やなすびの花ざかりヨ」

とつづけて、あとはチョイチョイチョイと声を合わすんや。

何回も何回もふたりで酒をくみかわしながら歌うているうちに、お侍は、すっかりご機嫌になって、

「他言は無用じゃぞ」

というて、こんな話をしたんや。

「わたしが乗った船頭がいうてた話じゃが、その船頭がな、若いとき偉いお方にたのまれて、ぎっしりおカネのつまった千両箱を、いくつもいくつも琵琶湖へ沈めたということじゃ。」

千両箱を沈めたときいて、源じいさん、おもわずたずねたんや。

「ど、どのあたりへ？」

すると、お侍はいわはった。

「なんでも湖の西の和邇の中浜というところに、大きな松が二本たっている景色のよいところがあるそうじゃが、湖の東にも、それと同じ景色のところがあってな。この二点をまっすぐつないだ線上のまんなかあたりに沈めたらしい。」

中浜ときいて源じいさん、びっくりして、

「えらい話をきいたもんや！」

と、その夜はとうとうまんじりともせず、朝を迎えたもんや。一方、お侍は、朝になると、

「田舎のカユの味は格別じゃった」

と礼をいうて帰っていったのや。

ところが、それからひと月ほどして、白馬に乗った別のお侍が訪ねてきたんや。源じいさんは秘密をきいた罪で、連れにきたのかと徳利をかかえて、ぶるぶるふるえていたんや。ところが、そのお侍はな、

「そちにこれをつかわす。大切にせい」

というて、細長い立派な箱を置いていかはったんやて。

源じいさん、その箱を大切にしていたんやが、死ぬまぎわになって、はて、なにが入っているんやろと思うて、はじめてあけてみたんや。するとな、富士の山の絵と、都の有名なお公卿《くげ》さんの和歌が書いてある立派な掛軸が入っていたんや。源じいさんは家の者を呼んで、

「だれにもいうてはならんぞ」

というて、いままでのことをみんなに話し、それからまもなく死んでしもうた。

その掛軸は徳川時代のころのもんで、いまでもその家に残っているそうや。千両箱の方もな、その証《あか》しがでてきたんや。つい先年のことや。堅田の漁師が漁をしてたら、なんやしらん網に引っかかるもんがある。ちからをふりしぼって引きあげてみたら、なんと、いまではたいそう

値打のある古いカネがぎょうさん入っとったんや。漁師はそれから半年も漁を休んで、古銭を引きあげるのに一生懸命になったそうや。それでも、まだまだ湖の底には、ぎょうさん千両箱が沈んでるという話やでェ。

原話者　杉本ハマ
再話者　中南美千子

牛の仲人

むかし、むかしのことやが、ある村にお八重という気だてのやさしい娘がおっての。このお八重を、茂平という近所の若者が好きになって、そらもう苦しい毎日を送っていたのや。好きなら好きと、お八重をつかまえていうたらええのに、気の弱い茂平は家で飼うてる牛にむかうて、

「おれ、お八重ちゃん好きや。好きで好きでしようがないのや」

と、しょっちゅういうておった。

そのうちに牛を売らんならんことに

なって、茂平は牛の代わりまでして働いた。そんな茂平の耳に、お八重が山をひとつ越えた向こうの村のお百姓へ、下女として住み込みで働きにいったという話が入ったんや。牛もお八重もいってしもうて、茂平は悲しい毎日を送っていたんや。

お百姓の家へ下女にきたお八重は、よお働いてよろこばれた。わけても最近買い入れたという牛の世話を一生懸命したもんや。

田畑からの帰りには、青草を刈ってきて牛小屋へ持っていってやったり、敷きわらを代えてやったり、夏には蚊やりを焚いて蚊を追いはらってやったり、そらもう肉親のようにかわいがったんや。また、牛もお八重によおなついて、お八重のかげを見ると寝そべっていても起き上がって、こっちへきてくれるのを待つしまつ。お八重がのどでもさすってやると、長いくびを一層長うのばして、ほんに気持ちよさそうに目を細めるんや。

やがて、お八重の下女奉公の年期あけが近づいてくると、お八重は親元へ帰るよろこびよりも、かわいがってくれた家の人や牛と別れるのがつろうて、仕事も手につかなんだ。それが牛にもわかったんか、飼葉《かいば》を食わずに沈みがちやった。

お八重が帰っていってしばらくすると、とつぜん牛があばれだし、あれよあれよと見ているまに、牛小屋を破って表へとび出していってしもうた。

お八重は牛のさびしそうな顔を頭の中に思い浮かべながら、深い谷川にかかった木橋を渡りかけたんや。親元へ帰ったら嫁にいくことになっている。どんなお婿《むこ》さんやろか、そんなことを思ってると、どこからか人相の悪い男どもが出てきて、お八重に乱暴を加えはじめたんや。

大声でたすけを呼んだが、山の中でだれもおらん。

「ああ、もうあかん！」

と、お八重が思うたときやった。一頭の牛がものすごい勢いで走ってきたかと思うと、角をいからせ、悪い男どもをつぎつぎに谷川へ突きおとしていったんや。よお見ると、その牛はさっき別れてきた牛やった。

「おおきに。おおきに――」

こころのなかで礼をいうてると、牛は勢いあまって谷川へころげ落ちてしもうた。

お八重は急いで谷川へ下りていこうとしたとき、帰りの遅いお八重を心配して親や村人たちがやってきたんや。その中には茂平も混じってた。

悪い男たちは捕えられ、牛はお八重に看《み》とられながら死んでしもうた。そのとき、その牛は茂平が飼っていた牛であることがわかり、はじめて、茂平の気持ちもわかって、お八重はいまある縁談をことわって、茂平のお嫁さんになったという話や。

採集者　西本育子
再話者　中野隆夫

わらべ唄

子守唄

ねんねしてくれころりとねたら
赤い枕を買《こ》てさそにヨーエー
ねんねんなされ寝る子は可愛い
起きて泣く子は面《つら》にくい
うちのこの子に赤いべべ着せて
連れて参る観音様へ

（滋賀郡）

連れて参りたら何とゆて拝む
一生この子がまめなよに
西の町から東の町まで
歌うて歩くは守の役
われもこれから朝早よおきて
親と金とを使うまい
守もつらいど霜月師走
雨か霞の雪しまを

（甲賀郡）

ねんねこうこう紺屋《こうや》をやめて
もとの呉服屋をなさらんか

かわいかわいがお部屋に知れて
今日で七日の責めにあう

わしの子じゃねえ抱いては寝んぞ
寒けりゃこれを着てそばに寝よ

わしはお前にお前はわしに
互いちがいのお手まくら

かわい子にはまた旅させよ
旅は憂《う》いもの辛《つら》いもの

かわいがらいね女の子なら
どこへ縁づきしょうも知れん

うちのこの子が学校行きしたら
筆は京の筆高島硯

筆は京の筆高島硯
水は音羽の滝の水

うちのこの子が寝てさえくれや
守も楽じゃし子も楽よ

うちのこの子のよにゆうて泣くと
いかな守でもかなやせん

いかな守でもかなわぬ時は
守をいなし《（帰らせて）》て親の守

親の守でもかなわぬ時は
川い《（へ）》流そか子にやろか

ねんねんねんねと寝る子のかわいさ
起きて泣く子のつらにくさ
うちのこの子は牡丹餅顔よ
きな粉つけたらなおかわい

うちのこの子が学校行きしたら
針と鋏と絹糸と

泣いてくれるな泣かいでさいも
親の心はなくなくと

（犬上郡）

ここは甲崎　さがれば薩摩
浦へ出て見や　舟木まち
舟木町から　二そう出る舟は
六条詣りの下向の舟

ねんねしやれよ　まだ夜は明けぬ
明けやお寺の鐘がなる
鐘が鳴りゃ　またいのい《（帰る）》のとおしゃる
たれがいのいのとおせたやら

（彦根市）

家のこの子に　赤いべべ着せて
多賀へ詣ろか　飴買いに

飴はいらんで　ウイロが欲《ほ》しや
ウイロ祭に　買うて食わそ

家のこの子はよい子でござる
いつもニコニコ　恵比寿顔

寝んねころいち竹馬与市
竹にもたれて　スヤスヤと

（八日市市）

うちのこの子はよい子でござるーウ
誰もアホやとゆうてくれなーア
誰もアホやとゆわせんけれどーオ
これがこの子のいたずらよーオ
泣いてくれるな泣かいでさえもーオ
泣けばなおういなおつらいーイ
泣いてくれるなお父《と》っつあんは山よーオ
お母《か》あは名古屋のお屋敷にーイ
うちのこの子はよい子でござるーウ
明日はこの子の誕生日《にち》ーイ
誕生日《にち》には豆のめしたいてーエ
一生この子がまめなよにーイ

うちのこの子が泣かんと寝たらーア
祝いごとしようにないぜでーエ
うとてまわろによい声ほしやーア
みやま桜の蟬の声ーエ

（伊香郡）

ねんねねんねと寝た子はかわい
起きて泣くのはつら憎い
起きて泣く子はにゃんこに食わそ
それがいやなら　ねんねしな

（伊香郡）

まんまんさん　どこへ
油買いに　酢買いに
油屋の門《かど》で

油一升　こぼして
その油　どうした
わんわ《（犬）》がねぶって　そうろ
そのわんわ　どうした
太鼓にはって　そうろ
その太鼓　どうした
ぷうぷ《（火）》にくべて　そうろ
そのぷうぷ　どうした
灰になって　そうろ
その灰　どうした
麦にまいて　そうろ
その麦　どうした
かあか《（鳥）》が食うて　そうろ
そのかあか　どうした
あの山　越えて
この山　こえて
ぱっぱと　たった《（飛んだ）》

（高島郡）

とんとんとろりこ　とんとろり
とんとんとろりこ　なるおとは
坊やのおねまにゃ　まだこぬか
こなきゃ　迎いに　まいります
あの山　こえて　鬼が島
鬼のいぬ国　ねんね島

（高島郡）

ねーんねーんねーんよ
ねんねの守りはどこ行た
野越し山越し里へ行た
里の土産になに貰ろた
でんでん太鼓に笙の笛
それでもたるまい乳飲まそ
ねーんねーんねーんよ

（高島郡）

ねん　ねんねん　ねん　ころよ
ねた子は可愛い　ねたら田んぼへ
起きたら山へ　お目がさめたらお江戸まで
（高島郡）

手まり唄

どん椿ひらいたかどん
すぼんだかどん
どんどのどろのどろ神さん
ここはくわなのさかやのちょ
いちじく人参山椒に紫蘇
ごぼうむかご七草に
はじかみ九年母に唐がらし
さっさと一こんひいたえー
（甲賀郡）

うちの裏のちしゃ畑
雀が三匹とまって
一羽の雀の言うことにゃ
むしろ三枚ござ三枚
合わせて六枚敷きつめて
夕べござった花嫁さん
おこそのこづまに血がついて
血やあるまい紅やもの
紅屋のかあかに問うてみよ
紅屋のかあかの言うことにゃ
伊勢のようざい金借りに
一年たってもまだ見えず
二年たってもまだ見えず
三年目の九日に
お千に来いとの状が来て
お千はやれぬ千松やる
千松の弟寅松は
一で京へ上がりて
熊野の道で火が消えて

とぼしてとぼらぬ火やもの
それも主の奉公

（甲賀郡）

落すな落すな
落しえさら負かすどえ
左がほんまか右がほんまか
しーんしーん
しっかり隣のお人に渡すど

（甲賀郡）

ひいふうみいよお
いつむうなやあこなとお
豆腐屋の娘さん三つ児を生んで
一人の子は茶屋へやって
茶のべべ着せて茶々々よ
も一人の子は漆屋へやって
うるしに負けてオギャオギャオギャオギャよ
も一人の子は紙屋へやって
紙半帖もろてお師匠の前で
いろはと書いてどんど《（浴場）》の道で
けんかができて足のない子と
手のない子と横づちかついで
エッサッサ

（甲賀郡）

一ばんはじめは一宮
二で日光東照宮
三で讃岐の琴平羅さん
四で信濃の善光寺
五つ出雲の大社
六つ村村地蔵さん
七つ奈良の春日さん
八つ八幡の八幡さん
九つ高野の弘法さん
十で東京九段坂

おおさか　おさかでどん
よつやでどん
よつやまかせのおはぐろどん
いくらです
五百です
もうちとまからんか　すからんかほい
お前のことならまけとこか
ひい　ふう　みい　よう　いつ　むう　なな
やあ
九つ乞食がとんできて
十で　豆腐屋の鐘がなる
やれやれ一こんすみました
（八日市市）

おばにもろたる　絹糸でんまる
つけば汚れる　つかねばかびる
（大津市）

川へ流せば　柳に止まる
あの柳切りたい　川柳
ちょいとこんでいっこんよ
（犬上郡）

紅々ここへ一つ
ひよこはちょんこして
お歯黒を
お口にくくんで　人さしおしろい
おしろいお顔に　おんまるさんは
きらいきらいと　ひとはもきらい
きらいきらいと　ふたはもきらい
きらいきらいと　さんしょにおいて
ほうばいすすろ
ほうばいすすったら　紅かねつけて
紅かねつけたら　おしろいつけよ
おしろいつけたら　髪ときなぜよ
髪ときなぜたら　ねねちゃん抱いて

ねねちゃん抱いたら　ねねちゃん赤ちゃん
頬べた十たたこ
頬べた十たてたら《（叩いたら）》　鼻ばし十たたこ
鼻ばし十たてたら　おつむも十たたこ
おつむも十たてたら　お手手も十たたこ
お手手も十たてたら　おひざも十たたこ
おひざも十たてたら　地の底十たたこ
地の底十たてたら　お前も十たたこ
ちょいとこんでいっこんよ

（犬上郡）

一つひよこは米のめし
　タエラクナイナイ
二つ船には船頭さんが
　タエラクナイナイ
三つ三か月さんは雲の中
　タエラクナイナイ
四つ世の中お金が
　タエラクナイナイ
五つ医者さん薬箱
　タエラクナイナイ
六つ娘さん若い衆が
　タエラクナイナイ
七つ泣く子にゃお乳が
　タエラクナイナイ
八つ山伏ほら貝が
　タエラクナイナイ
九つ乞食に袋が
　タエラクナイナイ
十で殿さんお馬に乗って
　タエラクナイナイ

（坂田郡）

うちの隣の忠太郎さんは
馬に乗りとて馬から落ちて
医者にかけよか目医者にかけよか

医者も目医者も御無用でござる
上《かみ》から雪駄が十六足と
下から雪駄が十六足と
雪駄の裏には
おーつるさんとおーかあさんと
お手手引きおうて観音参り
観音坂で旦那に会《お》うて
やれやれ嬉しやどこまでついてきた
江戸までついてきた
江戸の城《しょろ》は高《たーか》い城で
一段上がって二段上がって
三段上がって東を見れば
よいよいよい娘《こ》が三人通る
一でよいのが糸屋の娘
二でよいのが二の屋の娘
三でよいのが酒屋の娘
酒屋娘は大伊達こきで
油どろどろ金どろどろと
五両で帯買《こ》うて三両でくけて
くけた帯までいろはと書いて
いろは娘の八尺たけながだらりとかけて
こんでよいかね見ておくれ
おちょろくおちょろく
こんで一かんつきました

（坂田郡）

おこん　こんさん
お嫁にいったら　帰りゃんすな
四十九枚の戸をあけて
おじさんおばさん　おきやんせ
今朝のおかずは　何じゃいな
すすきにぜんまい　あげ豆腐
あげた豆腐は　みずくさい
アアラッシャイ　コウラッシャイ
それが嫌なら　帰りゃんせ

（伊香郡）

市が長岡大子町　大子町の庄屋さん
庄屋の娘をおともという
おとものそうろは浪三郎
あんまりまま子が憎いので
ふとんに巻いて帯しめて
戸棚に入れて鍵かけて
息がつまって　死んだげな
その子の葬式する時は
一尺五寸の長襦袢
銀のかんざし横ざしに
ちょっと一かんつきました
（伊香郡）

まるはる春の　こよみ開けば
かどに若松　立てように　かざり松
一つ正月　年を重ねて　祝いお客を
ついに門口　あれを申そか　これを申そか

しんのかむろや　おれの口上は
ろおれろ　りら草　七草　林はづれば
心ゆきゆき　ついおや　めしとん　めしとん
てんてんよー
（伊香郡）

きょんきょん京橋橋詰の
紅屋のお方の染物は
さしてもようても　よう染まる
雀の小枕こま返し　あんというて手水車
水がないとて　おいどしや
おいどの長崎腰かけて
申し申し子供衆《し》さん　ここは何という所
ここは信濃の善光寺
善光寺かどで願かけて
梅と桜をあげました
梅はすいすい戻されて
桜はよいとほめられて

今日も一かんつきました

（高島郡）

ともちゃんともちゃんどこへゆく
お寺へ行く
だれがおとした　お梅がおとした
お梅憎いや　坊《ぼん》かわい
川へはまって　碁石を拾うて
碁石ください　帯買うてあげる
帯は短かし　たすきに長し
ちょうど一かんつきました

（高島郡）

こんめ唄

おさら
おひとつ　おひとつ　おいて　おさら
おふたつ　おふたつ　おいて　おさら
おみっつ　おみっつ　おいて　おさら
およっつでおさら
おはさみ　おはさみはさんで　おさら
おちりんこ　おちりんこ　おいて　おさら
お手のせ　お手のせ　おいて　おさら
お左　お左　おいて　おさら
なかよせ　つまよせ
さらりと　お手つき　おさら

（大津市）

大阪　大阪でどん　八つやでどん
いつやまかせの通り町
おかごに乗るのはいくらです　五百です
もうちょっとまからんか　すからんかほい
お前のことならまけとくは
一二三四五六七八九十
十で豆腐屋の鐘がなる
やれやれ一こんすみました

（八日市市）

一つひーやーホイ
二つひーやーホイ
三つひーやーホイ
四つひーやーホイ
六つひーやーホイ

（坂田郡）

こんめ
一こ二こ三ご四こ五んごんごんめで上りた上りたの上りたの一づき二づき三づき四づき五づきゆるみない
ゆるみない　ゆるみない　ゆるみない　ゆるみない　さいこん
さいこん　さいこん　さいこん　さいこん　さわざる
さわざる　さわざる　さわざる　さわざる　ちりとり
ちりとり　ちりとり　ちりとり　ちりとり　ねずみかくし
ねずみかくし　ねずみかくし　ねずみかくし　ねずみかくし　しば上げ
しば上げ　しば上げ　しば上げ　しば上げ　しば下《おろ》し
しば下し　しば下し　しば下し　しば下し　屋根ふき
屋根ふき　屋根ふき　屋根ふき　屋根ふき　屋根たたき
屋根たたき　屋根たたき　屋根たたき　屋根たたきのさいわい
さいわいヨー　つまヨー　やんま

（伊香郡）

おひとつ　おさら
日清戦争　おさら

三韓征伐　おさら
お手のせ　お手のせおろして　おさら
おつかみ　おつかみ　おつかみ　おろして　お
さら
おちりんこ　おちりんこ　おちりんこ　おろし
て　おさら
おふだよ　おふだよ　おみんの　おさら
おーんばさん　おんばさん　おんばさんで　お
さら
小ちゃな橋　くぐれ　小ちゃな橋　くぐれ
くぐりかえして　おさら
大きな橋　くぐれ　大きな橋くぐれ
くぐり返して　おさら
（伊香郡）

こんめや　おつたや　おみつや
おさわ　おさわ　よっつが
すんずれおれこ　おれこさわん
こさくさわこ
（高島郡）

羽根つき唄

いも　にんじん　さんしょ
しいたけ　ごぼう　むかご
ななくさ　はじかみ
くねんぼう　とうがらし
（大津市）

一人《ひーとり》来な
二人《ふたり》来な
みっともない子が
よって来た
いつ来ても
むりをいう
なにがあっても

やるものか
こんど来たなら
戸を閉《し》めろ

（彦根市）

ひとめ　ふため
みやこし　よめご
いつやの　むさし
ななやの　やしろ
このやで　とお

（伊香郡）

なわとび唄

お嬢さんお入りなさい
有難うおっしゃった
負けたらさっさとお逃げなさい

（彦根市）

大波小波ひっくり返してジャブジャブ
大波小波高い山（低い山）越えて
一二三四五六七八九十

（彦根市）

郵便屋さん　走らんせ
もうかれこれ　十二時や
十二時すんだら　免職じゃ
ソレエッサッサ

（高島郡）

その他の遊戯唄

下駄かくし　ちゅうねんぼ
橋の下のねずみは
草履をくわえて　ちゅっちゅっちゅっちゅ

ちゅっちゅのまんじゅうは誰が食った
誰も食わへん　わしが食《く》った
おもての通りは酒屋さん
裏からまわって　三軒目
（大津市）

下駄かくし　ちゅうねんぼ
宿屋のかけとんぼ
誰かにひとつ
あててやろかいな
（彦根市）

もんめ　もんめ　花いちもんめ
もんめ　もんめ　花いちもんめ
誰だそか
誰だそか
○○ちゃん求めて　花いちもんめ
△△ちゃん求めて　花いちもんめ
勝ってうれしい　花いちもんめ
負けてくやしい　花いちもんめ
（大津市）

子買お　子買お
どの子が欲しい
○○さんという子が欲しい
つれて帰って何させる
手習いさせる
手が汚れる
水で洗わす
水は冷たい
湯で洗わす
湯は熱い
ぬるめの湯で洗わす
それならさっさと連れて行きゃれ
行きはよいよい
戻りはこわい

こわいながらに通りゃんせ
（坂田郡）

子供のけんか
親出てしかる
人さん笑う
たかたかすまん
紅屋のあいさつ
こぼよ　こぼよ　せいだせよ
（彦根市）

一つこんより
二つこんより
三つこんより
四つこんより
五《いっ》つこんより
六つこんより
どんじょめ

（鬼）でんこ　でんこ
（皆）誰のとなりに　誰がいる
（鬼）○○ちゃんのとなりに△△ちゃんがいる
（皆）どっこいすべって橋の下
（鬼）△△ちゃんの隣りに××ちゃんがいる
（皆）ようあてた
（坂田郡）

坊《ぼん》さん　坊《ぼん》さん　どこいくの
あの橋渡って酢を買いに
わたしもいっしょに　連れとんか
お前が来ると　じゃまになる
このかんかん坊主　くそ坊主
うしろの正面　どーなーた
（大津市）

（大津市）

中の中の小仏　何で背が低いの
親の日に魚《とと》食って　それで背が低い
後の正面だあれ

（伊香郡）

本文中、現在では用いられない表記・表現がありますが、刊行当時の資料的意味と時代性を尊重し、そのままにしてあります。ご了承ください。

また、再刊にあたり、連絡のとれない関係者のかたがいらっしゃいます。ご存じの方がおられましたら、弊社までご連絡ください。

（編集部注）

〔新版〕日本の民話74

近江の民話

一九八〇年六月一〇日初版第一刷発行
二〇一七年四月一五日新版第一刷発行

定　価　本体二〇〇〇円＋税
編　者　中島千恵子
発行者　西谷能英
発行所　株式会社　未來社
〒一一二―〇〇〇二
東京都文京区小石川三―七―二
電話（〇三）三八一四―五五二一（代表）
振替〇〇一七〇―三―八七三八五
http://www.miraisha.co.jp/
info@miraisha.co.jp

装　幀　伊勢功治
印刷・製本　萩原印刷
ISBN978-4-624-93574-0 C0391

［新版］日本の民話

（消費税別）

1 信濃の民話 ＊二二〇〇円
2 岩手の民話 ＊二〇〇〇円
3 越後の民話 第一集 ＊二二〇〇円
4 伊豆の民話 ＊二〇〇〇円
5 讃岐の民話 ＊二〇〇〇円
6 出羽の民話 ＊二〇〇〇円
7 津軽の民話 ＊二〇〇〇円
8 阿波の民話 第一集 ＊二〇〇〇円
9 伊豫の民話 ＊二二〇〇円
10 秋田の民話 ＊二二〇〇円
11 沖縄の民話 ＊二〇〇〇円
12 出雲の民話 ＊二〇〇〇円
13 福島の民話 第一集 ＊二〇〇〇円
14 日向の民話 第一集 ＊二〇〇〇円
15 飛驒の民話 ＊二二〇〇円
16 大阪の民話 ＊二〇〇〇円
17 甲斐の民話 ＊二〇〇〇円
18 佐渡の民話 第一集 ＊二〇〇〇円
19 神奈川の民話 ＊二〇〇〇円
20 上州の民話 第一集 ＊二〇〇〇円
21 加賀・能登の民話 第一集 ＊二二〇〇円
22 安芸・備後の民話 第一集 ＊二二〇〇円
23 安芸・備後の民話 第二集 ＊二〇〇〇円
24 宮城の民話 ＊二二〇〇円
25 兵庫の民話 ＊二〇〇〇円
26 房総の民話 ＊二〇〇〇円

＊＝既刊

27 肥後の民話 *二〇〇〇円
28 薩摩・大隅の民話 *二〇〇〇円
29 周防・長門の民話 第一集 *二二〇〇円
30 福岡の民話 第一集 *二〇〇〇円
31 伊勢・志摩の民話 *二〇〇〇円
32 栃木の民話 第一集 *二〇〇〇円
33 種子島の民話 第一集 *二〇〇〇円
34 種子島の民話 第二集 *二〇〇〇円
35 越中の民話 第一集 *二二〇〇円
36 岡山の民話 *二〇〇〇円
37 屋久島の民話 第一集 *二〇〇〇円
38 屋久島の民話 第二集 *二〇〇〇円
39 栃木の民話 第二集 *二二〇〇円
40 八丈島の民話 *二〇〇〇円
41 京都の民話 *二〇〇〇円

42 福島の民話 第二集 *二〇〇〇円
43 日向の民話 第二集 *二〇〇〇円
44 若狭・越前の民話 第一集 *二二〇〇円
45 阿波の民話 第二集 *二〇〇〇円
46 周防・長門の民話 第二集 *二二〇〇円
47 天草の民話 *二〇〇〇円
48 長崎の民話 *二〇〇〇円
49 大分の民話 第一集 *二〇〇〇円
50 遠江・駿河の民話 *二〇〇〇円
51 美濃の民話 第一集 *二〇〇〇円
52 福岡の民話 第二集 *二二〇〇円
53 土佐の民話 第一集 *二二〇〇円
54 土佐の民話 第二集 *二二〇〇円
55 越中の民話 第二集 *二〇〇〇円
56 紀州の民話 *二〇〇〇円

57 埼玉の民話　＊二〇〇〇円
58 加賀・能登の民話　第二集　＊二二〇〇円
59 大分の民話　第二集　＊二〇〇〇円
60 佐賀の民話　第一集　＊二〇〇〇円
61 鳥取の民話　＊二〇〇〇円
62 茨城の民話　第一集　＊二二〇〇円
63 美濃の民話　第二集　＊二〇〇〇円
64 上州の民話　第二集　＊二〇〇〇円
65 三河の民話　＊二二〇〇円
66 尾張の民話　＊二二〇〇円
67 石見の民話　第一集　＊二〇〇〇円
68 石見の民話　第二集　＊二〇〇〇円
69 佐渡の民話　第二集　＊二〇〇〇円
70 越後の民話　第二集　＊二〇〇〇円
71 佐賀の民話　第二集　＊二〇〇〇円

72 茨城の民話　第二集　＊二〇〇〇円
73 若狭・越前の民話　第二集　＊二〇〇〇円
74 近江の民話　＊二〇〇〇円
75 奈良の民話　＊二〇〇〇円
別巻1 みちのくの民話　二〇〇〇円
別巻2 みちのくの長者たち　二〇〇〇円
別巻3 みちのくの和尚たち　二〇〇〇円
別巻4 みちのくの百姓たち　二〇〇〇円